Helmut Kaiser · Grenzverletzung

Helmut Kaiser

Grenzverletzung

*Macht und Mißbrauch in meiner
psychoanalytischen Ausbildung*

Mit einem Vorwort von
Tilmann Moser
und einem Nachwort von
Johannes Cremerius

Walter Verlag
Zürich und Düsseldorf

Die Deutsche Bibliothek – CIP-Einheitsaufnahme

Kaiser, Helmut:
Grenzverletzung : Macht und Mißbrauch in meiner
psychoanalytischen Ausbildung / Helmut Kaiser. Mit einem
Vorw. von Tilmann Moser und einem Nachw. von Johannes
Cremerius. – Zürich ; Düsseldorf : Walter, 1996
ISBN 3-530-40024-6

Alle Rechte vorbehalten
© 1996 Walter Verlag, Zürich und Düsseldorf
Satz: Utesch Satztechnik GmbH, Hamburg
Druck und Einband: Bercker, Graphischer Betrieb, Kevelaer
Printed in Germany
ISBN 3-530-40024-6

Inhalt

Anhang

Glossar
187

Literaturverzeichnis
195

Vorwort

VON DR. TILMANN MOSER

Dieses Buch ist ein Bericht über eine schmerzhafte und verstörende Kindheit und, darübergebreitet, eine schmerzhafte und verstörende psychoanalytische Ausbildung. Beide Aspekte bilden zwei Teile des Textes, die hintereinander stehen und sich scheinbar nicht durchdringen, obwohl sie sich im seelischen Erleben fast decken. Denn, so könnte man sagen, die beiden Lehr-Psychoanalysen wiederholen die Traumatisierungen der Kindheit, anstatt sie zu lindern oder auszuheilen. Also müßten die beiden Teile wie Folien aufeinanderliegen. Dies bleibt die Arbeit des Lesers.

Man muß sich diesen Mangelzuständen einer Kindheit erst einmal aussetzen, um dann zu fragen – je nach eigener Erfahrung als Patient, Therapeut oder an Introspektion interessierter Laie –: Welche heilenden Bilder oder Vorstellungen von heilenden Beziehungen tauchen beim Lesen auf? Was wünscht man dem Kind im Autor, wenn es sich in Analyse begibt? Aber auch: Was traut man ihm zu als der Heilung entgegenstehende Abwehr, als subtile, zeitversetzte Gegenangriffe in Reaktion auf das versunkene Leid? Wie ragt die spätere Neurose zurück in die nur in Andeutungen vorhandenen früheren Generationen, in Zeiten von Diktatur und Krieg, in Beschädigungen der Nachkriegszeit?

Was heißt in diesem Fall «Abschied von den Eltern» und später «Abschied von den Lehrern»? Lassen sich solche Katastrophen einer kumulativen Verletzung vermeiden und, wenn ja, durch welche Reformen von Therapie, Analyse und Ausbildung? Was sind die guten Inseln in diesem Gewoge, von denen letztendlich die Kraft zum Überleben ausgeht? Kann eine solche Anklage wenigstens zukünftiges Leid vermindern helfen?

Die Schwierigkeit, dieses Vorwort zu schreiben, hängt mit meiner komplizierten Funktion und Rolle zusammen. Ich bin der Therapeut – am Schluß des Buches erwähnt –, der dem Patienten half, aus seinem Jammertal langsam herauszukommen, und den er gegen Schluß doch als einen Missionar der Körpertherapie erlebte, von dem er sich abgrenzen wollte und mußte, als handle es sich um eine Neuauflage der negativen Mutter. Kaisers Text ist fast zehn Jahre nach unserer therapeutischen Zusammenarbeit ohne mein Wissen entstanden.

Das ganze Drama spielte sich in unserer kleinen Stadt ab, in der es zwei Institute gibt, die lange Jahre fast ohne Kontakte und teilweise in erbitterter Rivalität arbeiteten. Als Angehöriger des Instituts der Freudianer teilte ich damals deren selbstverständliches und ihnen natürlich erscheinendes Überlegenheitsgefühl. Rein methodisch gesehen, war die freudianische Psychoanalyse damals noch in der Tat durch das konsequente Hochhalten der Übertragungs- und Gegenübertragungsanalyse auf einem aktuelleren Stand der Entfaltung und Reflexion von Tiefenpsychologie. Damals begannen gerade die Überlegungen, mit angestoßen von Helmut Thomä, wie man zwischen realistischen und übertragungsneurotischen Wahrnehmungen des Analytikers durch den Analysanden unterscheiden könne und wie der Analytiker, falls er die menschliche Reife dazu hat, die konkreten Wahrnehmungen aufgreift und behandelt, selbst wenn sie ihm unangenehm sind. Es war die Zeit, als man dem Patienten überhaupt realitätshaltige Wahrnehmungen zuzutrauen begann, die zu stärken sogar für seine Reifung wichtig sein konnte.

Da ich inzwischen mehrere Kollegen des anderen Instituts in Nachtherapie oder Nachanalyse hatte, ist mir deutlich geworden, daß die meisten Wahrnehmungen des Autors für die zurückliegende Zeit stimmig waren, auch wenn sich einige Erlebnisse und Erfahrungen in seinem Text zu vergröbern scheinen. Ich hatte also damals noch mit Triumph- und Überlegenheitsgefühlen zu kämpfen, wenn angeschlagene Kollegen von dort zur Ausheilung zu mir kamen. Umgekehrt gab es das wohl auch: Zwischen Instituten und Schulen bestand der Kontakt oft nur durch den Austausch der negativ verlaufenen Fälle. Ich fühlte mich auf der Spur von therapeutischen und pädagogischen Vorgängen, die für manche Kandidaten und Kollegen bedrohlich waren. Dann wieder hatte ich Mitleid mit oder Rettungsphantasien für den Patienten, der einem Schicksal nicht entronnen war, dem ich selbst nur knapp entging, mindestens in zwei Analyseversuchen vor der Lehranalyse, die ein Fiasko waren: Sie hatten die Ebene der Störung gar nicht erreicht. Auch war ich in der Zeit der Nachanalyse mit Herrn K. in der intensivsten Phase der Erprobung von analytischer Körpertherapie bei bestimmten psychosomatischen Mangelzuständen von Patienten: wenn sie zum Beispiel keine Väter hatten oder versehrte oder kranke und wenn ihnen auch der gelassene Mutterkörper nicht als Kraftquelle zur Verfügung gestanden hatte, und wenn, dann nur mit den Begleiterscheinungen der Aneignung, des Verschlingens, der erzwungenen Spaltung der innerfamiliären Loyalität oder einer parentifizierenden Ausbeutung.

Schließlich kam die Frage hinzu: Handelt es sich bei diesem Text um das Porträt einer noch praktizierten psychoanalytischen Doktrin, Behandlungsweise und Ausbildungsform, oder haben wir es mit einer versunkenen, wenn auch in vielen Adepten noch wirksamen Epoche zu tun? Wie also finde ich eine Einstellung zu diesem Text, der nicht nur wütend, anklagend, entlarvend, vielleicht sogar rachesuchend ist, sondern der viel Wahrheit enthält über typische Gefahren einer bedrohten Ausbildung – eine Wahrheit wiederum, die bei der derzeit angespannten Lage der institutionalisierten Psychoanalyse ihren vielen Gegnern geradezu als Geschenk für die kritische Denunziation erscheinen muß? Mit dem für die Psychoanalyse beschwerlichen Zeitgeist meine ich das geschwundene Ansehen, die Restriktionen der Krankenkassenfinanzierung, zum Teil unter dem Druck der Ärzteschaft oder der Konkurrenz neuer Schulen, die Besseres in weit geringerer Zeit zu bieten versprechen, sowie das teils berechtigte, teils erbarmungslose Effizienzdenken in der Psychotherapie usw.

Wie würden manche Kollegen vom anderen Institut, mit denen ich befreundet bin oder mit denen ich kooperiere, meine kommentierende Mithilfe bei der Publikation dieses Textes aufnehmen, bei dem es in so qualvoll enttäuschter Weise um die Stammeltern von mindestens zwei Generationen von Analytikern geht? Denn die Söhne, Töchter und Enkel hatten es schwer genug, sich aus dem

Schatten dieser Ahnen zu lösen. Ich stieß beim vorsichtigen Nachfragen nicht nur auf gescheiterte Analysen, sondern auch auf dankbare Erinnerungen und das Gefühl solider analytischer Schulung. Höchstens könnte man sagen, daß es die meisten schwer hatten, aus dem Zustand von Söhnen und Töchtern herauszukommen. Dafür hatte es in der Tat zu viel erzwungene Loyalität, Angst und mißglückte Aufstandsversuche gegeben. Und dort, wo eine Institution einmal inzestuös verseucht ist, blüht eher die Gerüchteküche und gedeihen eher Fraktionsbildung und rivalisierender Überlebenswille, als daß es zu wirksamer und emanzipativer Solidarisierung käme. Die Günstlinge denken anders über die Herrschaftsform als die eher benachteiligten, ausgestoßenen oder von Ausstoßung bedrohten Kandidaten oder Mitglieder.

Wo die Schöpfung und Erhaltung eines Instituts oder einer Schule das Werk eines einzelnen oder hier eines Paares ist, das über längere Zeit noch keine selbständigen, kompetenten und vielleicht von außen kommenden Mitarbeiter hat, besteht bei den Gründern die Tendenz zu einem symbiotischen Erleben des Instituts als Teil des eigenen Selbst. Abgrenzung und Verselbständigung von einzelnen Jüngeren oder gar die Forderung nach Mitsprache, Teilung der Macht und demokratische Kontrolle werden dann fast wie ein Angriff auf das eigene Selbst erlebt und entweder schwer geahndet oder als undankbar und illoyal zugefügtes Leid erlebt, was wiederum Schuldgefühle macht.

Aus diesem Grund ist es auch denkbar, daß die symbiotischen Ansprüche und Wünsche des Leiters an sein Institut durchschlagen bis auf symbiotisch-erotische Ansprüche an die Schülerinnen, sowohl in der institutionellen Pioniersituation wie in der Position des von der Emanzipation der Söhne und Töchter bedrohten Leiters. Es kommt sozusagen zur Einführung eines Küchenkabinetts mit undurchschaubaren Machtstrukturen. Demokratisierung bedeutet aber die Notwendigkeit eines schmerzlichen Verzichts auf Rollenvielfalt und Rollenüberlappung.

Klaus Theweleit hat dieses – allerdings nicht sexuell ausagierte – Problem auch für Freuds frühe Institutionsbildung analysiert unter dem Begriff des Töchterstaates in: «Objektwahl. Über Paarbildungsstrategien und Bruchstücke einer Freudbiographie» (Basel/Frankfurt a. M. 1990 und dtv München 1996). Dort sind die wichtigsten Schülerinnen eingetreten in die Rollen von Interpretinnen, Missionarinnen, Lehrerinnen, Verbreiterinnen seiner Lehre, während die Söhne sich ihren zum Teil mörderischen Rivalitäten hingaben.

Inzwischen wäre es wohl angezeigt und vielleicht sogar notwendig, bei mißbrauchenden Instituts- oder Schulenleitern nach ihrer eigenen Mißbrauchsgeschichte zu fragen, so wie es Renate Höfer in exemplarischer Weise bei C. G. Jung getan hat in ihrem Buch «Die Hiobsbotschaft C. G. Jungs. Folgen sexuellen Mißbrauchs» (Lüneburg 1993). Das würde zu einer generationsübergreifenden Wahrhaftigkeit führen, durch die man bei historischen Tatbeständen wie der Struktur der autoritären deutschen Familien bis hin zur NS-Zeit, den Kriegsfolgen wie der psychischen Lage der Nachkriegs-Psychotherapie landen würde. Findet ein Institut oder eine Schule nicht zu dieser Wahrhaftigkeit – und oft genug kann die Realität nur zurückschauend, zu spät und mit zeitlicher Verzögerung angeschaut werden –, dann verbleibt eine solche Institution im Zustand der Gerüchte, des Tuschelns, der Unwahrheit wie der Rechtfertigung, bei dem Verdammung und Idealisierung viel zu nahe beieinander liegen, auch wenn sie auf verschiedene Subjekte in unterschiedlichen Anteilen verteilt sind. Die Kandidaten, Mitglieder und Rollenträger, die mit der Wahrheit nicht frei umgehen dürfen, haben zusätzlich zu ihrer Angst vor Emanzipation die Angst der Chefs vor der Enthüllung zu tragen. Sie verbleiben in parentifizierter Loyalität gebunden, selbst wenn sie in dieser Loyalität ihre eigene Angst und Demütigung konservieren. Die Ehre des Hauses verbietet die notwendige Aufklärung.

Deshalb kommt Aufklärung erst einmal in der Form des von Wut getragenen Rückblicks daher, sie bedarf starker persönlicher Motive, um überhaupt ans Licht zu treten. Diese Form der anklagenden Wut, die manche Seite des vorliegenden Textes durchzieht, hat es mir auch so schwer gemacht, das Kommentieren zu akzeptieren, weil die eigene Motivlage so gemischt ist und ich selbst wieder schwanke zwischen anpasserischem Verzicht, Angst und vielleicht kontraphobischer Frechheit bei der «Beihilfe» zur nachträglichen Vater- oder Mutteranklage.

Meine Hauptthese ist aber die: Die Fehler unserer Ahnen müßten nicht unbedingt eine in den Familien geheimgehaltene und das institutionelle Grundwasser vergiftende Last sein. Ähnliches hätte auch für die NS-Zeit gelten sollen. Sondern: Die Annahme des positiven wie des negativen Erbes als einer zu bewältigenden Aufgabe ist die Herausforderung. Deshalb wirkte es auch so problematisch, wenn bis in die jüngste Zeit – und vielleicht noch für lange – von den Erben der großen Pioniere der Psychoanalyse bezüglich mancher Schriften eine Zensur ausgeübt wurde, so als würde ihre Größe beschädigt oder beschmutzt, wenn wir Einblick erhalten in die seelische Binnenstruktur ihrer weit ausstrahlenden Leistung. Aber diese Ängste sind ein schlechter Ratgeber, was die Aushaltbarkeit der Wahrheit angeht.

In meiner eigenen Ausbildung war ich ebenfalls lange mit institutionalisierter Angst beschäftigt. Sie hatte nur andere Gründe als in diesem Fall: Damals in Frankfurt entstand die Angst – auch bei den Lehranalytikern – durch den enormen realen oder in sie projizierten Konformitäts- und Leistungsdruck, der sich unter dem Einfluß der Emissäre, Lehrer und Missionare der Internationalen Psychoanalytischen Vereinigung ausbreitete, deren Standards über dem Institut hingen.

Dieser enorme Leistungsdruck lag auch über dem hier in Kaisers Text geschilderten Normengeist des Instituts. Er stammte allerdings weniger aus übergeordneten Idealen, sondern wurde eher verstanden als aus der Machtfülle des Leiters kommend und also der Willkür und damit auch der Korruption unterworfen. Der Druck der wechselhaft gehandhabten Normen führte jedenfalls auch dazu, daß Examensängste riesig wurden und die Zeiten der Abhängigkeit sich oft übermäßig verlängerten.

Es hängt über den meisten Instituten wie über den Schulen der Psychotherapie die bedrängende Frage: Warum ist die schöpferische Energie oder der wissenschaftliche Output von Hunderten von Mitgliedern so gering und läßt sich auch von hochkarätigen Kommissionen, die zu diesem Problem auf internationaler wie auf nationaler Ebene ins Leben gerufen wurden, kaum beleben? Denn: die Angst vor den imaginären Standards ist für viele lähmend. Schon geringfügige Abweichungen bei eigenen Entdeckungen oder eine Entfernung vom Kanon des Gelehrten führen zu Isolierungsängsten oder zu realer Isolierung und Denunziation.

Doch zurück zu dem Text. Der Verlust des eigenen Selbst in der analytischen Ausbildung scheint dann besonders bedrohlich oder drohend, wenn die eigene Störung sich so gar nicht in das klinische Lehrgebäude und die Kompetenzmängel der Lehrer einfügen will. Durch den Anpassungsdruck an das, was gerade noch Zustimmung oder diagnostische Anerkennung findet, rückt das zerbrechliche und bedrohte Selbst in die weitestmögliche Fluchtdistanz vor der Verbiegung oder Zerstörung. Die Fiktion damals scheint gewesen zu sein, daß zugelassene Kandidaten gar nicht neurotisch sind – erst recht keine Borderline-Anteile haben – und also auch nicht angemessen regredieren sollten. Mit angemessener Regression ist gemeint, daß der Patient auf der Couch in seinem seelischen Alter sich zurücksinken lassen darf auf die Ebene, in der er seine wichtigsten Traumen erlebt hat. Michael Balint und andere Forscher haben gezeigt, daß die Heilungschancen sogar größer sind, wenn eine Regression auf vortraumatische Zustände erfolgen kann, der Patient also noch einmal Kraft schöpfen kann in der Zeit vor den verstörenden Einwirkungen, die seiner Neurose zugrunde liegen.

Das bereits angeschlagene Selbst überlebt eine nicht angemessene oder erneut traumatisierende Analyse sozusagen im Exil, aber um den Preis, manchmal den Rückweg überhaupt nicht mehr zu finden. Dies geschieht in allen Schulen. Würde ich die Ereignisse und Erlebnisse in diesen hier beschriebenen Ausbildungsanalysen nicht für Zuspitzungen einer überall auftauchenden Gefahr halten, so hätte ich die Kommentierung des Textes als rachsüchtige Leichenfledderei abgelehnt. Da ich aber manche Briefe mit verzweifelten Klagen und Konsultationswünschen erhalte aus verquälten oder gescheiterten Analysen, Lehranalysen und anderen Therapien, sieht die Sache etwas anders aus. Am schwersten ist es, Menschen nach manchmal zehnjährigen Analysen und Lehranalysen, die fast zum Verschwinden ihrer lebendigen Persönlichkeit geführt haben, wieder mit einem Stück Lebensmut zu versehen. Ängstliche Subalternität und geheimer Groll halten sich in ihnen die Waage. Und es ist nicht eine Frage der veralteten Technik bei den Therapeuten, sondern der Kombination von eigener Unterwerfung unter methodische Reinheit, Starrheit der Persönlichkeit und idealisierender Gläubigkeit bei gleichzeitiger Entwicklung komplizierter Gegenübertragungsfesseln. Helmut Kaiser spricht nicht zufällig auch von hohem Bewährungs- und Erfolgsdruck der Lehranalytiker, die an ihren Erfolgen mit ihren Kandidaten gemessen werden. Und nicht umsonst fragt der Autor gleich zu Beginn seine Lehranalytikerin, ob ihre Behandlungen supervidiert würden, eine Frage, die sie hüstelnd mit verlegenem Schweigen straft. Aber das Kind im Patienten hatte sehr wohl den legitimen Wunsch bewahrt, daß seine Eltern gelegentlich eine Erziehungsberatungsstelle konsultiert hätten. Und in der Übertragungswiederholung ist die Frage gleichsam eine intuitiv vorausschauende Angst- und Sicherungsreaktion, um so mehr, als die Analytikerin nicht frei gewählt wurde. Der Patient konnte sich also gar nicht vergewissern durch eigene Beobachtung und Introspektion, ob eine wenigstens durchschnittliche Verträglichkeit anzunehmen war und ob er in seiner tiefer sitzenden Neurose verstanden würde. Das Mißtrauensthema lag unverhüllt auf dem Tisch, wurde jedoch nicht angesprochen. Will man in einem so frühen Stadium das Thema noch nicht in der Übertragung aufgreifen, so könnte man fragen: Welche Erlebnisse mit den Eltern oder anderen nahen Personen haben dazu geführt, daß sie meinen, auch unsere Arbeit sollte überwacht werden?

Daß das Thema der Macht in der Analyse allmählich ins Bewußtsein dringt, zeigt der spannende Sammelband «Macht und Machtmißbrauch in der Psychotherapie» (herausgegeben von Christoph J. Schmidt-Lellek und Barbara Heimann, Köln 1995) oder der in seiner Fragestellung breiter angelegte, von Renate Frühmann und Hilarion Petzold herausgegebene Band «Lehrjahre der Seele. Lehranalyse, Selbsterfahrung, Eigentherapie in den psychotherapeutischen Schulen» (Paderborn 1994).

Inzwischen ist es wohl in den meisten analytischen Schulen wie in anderen therapeutischen Ausbildungsgängen üblich geworden, daß der Lehrtherapeut nicht mehr berichtspflichtig an den Unterrichtsausschuß ist. Damit ist gemeint, daß es einen gewissen Vertrauensschutz des Kandidaten für seine Beziehung zum Lehranalytiker gibt. Dadurch wird es aber auch erst möglich, daß der Kandidat wirklich Patient wird und nicht, wie der Lehranalytiker in diesem Text verächtlich festlegt, auf der «Lehrebene» (Leer-Ebene) mit seinen Affekten bleiben muß. Auch lassen sich durch den Schutz der Sphäre der Lehranalyse die Ebenen von intrapsychischer, interpsychischer und institutsinterner paranoider Struktur möglicherweise leichter auseinanderhalten. Da mir selbst einige Psychotherapien, die ich als Analytiker durchführte, auf quälende Weise schiefgegangen sind, glaube ich nicht, daß ich mich mit diesem Kommentar allzusehr auf ein hohes Podest begebe. Allerdings habe ich es in der Ausbildung und später auf Kongressen bisher nicht erlebt, daß ausdrücklich über «gescheiterte» Therapien gesprochen wurde. Noch viel weniger kam es bis jetzt zu Seminaren, in denen über Selbstmorde von Patienten geredet wurde, obwohl eine erhebliche Zahl von Kollegen von einem solchen Fehlschlag betroffen sind. Seit ich in früherer Zeit selbst zwei Patienten durch Suizid verlor, beide schon nach ein paar Monaten nach Beginn einer Zweitbehandlung – den einen in Einzelbehandlung, den anderen in einer Gruppentherapie –, weiß ich, wie tief einen ein solches Ereignis treffen kann. Als der Patient sich in den Anfangsmonaten einer Gruppentherapie umbrachte, gelang es mir und der Gruppe, in einer Zeremonie in der Gruppe von ihm Abschied zu nehmen und ihm unsere Gefühle für ihn mitzuteilen. Inzwischen glaube ich, daß ein Therapeut in einer solchen Situation Rückhalt (natürlich schon viel früher in einer freundlichen Supervision) brauchte, wozu durchaus rituelle Momente gehören könnten oder sollten. Beim Tod von nahen Angehörigen vertrauen wir auch, wenigstens zum Teil, auf die Kraft eines Rituals, das hilft, den Verlust gemeinsam zu tragen. Und ich zähle Patienten, die man erst einmal einige Zeit lang innerlich adoptiert hat, symbolisch zu den nahen Angehörigen. Die Einbettung in ein Ritual erlaubt uns auch, statt einer defensiven Rechtfertigungshaltung unsere vielleicht unvermeidliche Schuld wie den Traueranteil anzunehmen.

Die meisten Passagen des Ausbildungsteils in Kaisers Buch sprechen in beklemmender Weise für sich und brauchen nicht weiter kommentiert zu werden. Nur daß das Thema Krieg und innerseelische Folgen für die Familie wie für den Kandidaten nicht aufgegriffen wurde, erscheint fast als unheimlich, vor allem angesichts der Tatsache, daß der Lehranalytiker sogar vor langer Zeit zu diesem Thema geforscht hatte. Aber es scheint vor zwei oder drei Jahrzehnten noch ein großer Unterschied gewesen zu sein, ob man Beobachtungen notiert an einer durchlaufenden Klientel, die für eine kurze Verweildauer in einer Klinik diagnostiziert werden, oder sie aufgreift in eigenen längeren Übertragungs-Behandlungen, die die Kriegs- und NS-Erlebnisse auch des Analytikers zwangsläufig aktivieren.

In einer früheren Arbeit («Über das Grundrecht des Patienten auf Konsultation eines Dritten», in: Stundenbuch, 1992) habe ich für Situationen eines tiefen Zweifels oder wachsender Angst des Patienten über den Gang der Analyse ein Recht auf Beratung durch einen Dritten gefordert. Denn eine schiefgegangene Analyse braucht oft Jahre für die Ausheilung der Folgen, wenn sie nicht überhaupt eine Verdüsterung des Lebensskripts zur Folge hat. Allein aus Kaisers Text ließe sich diese Forderung ausreichend begründen. Und es wäre notwendig, zu einem Umdenken zu kommen, was Ursachen und was Wirkungen sind: Wie in der Geschichte des sexuellen Mißbrauchs von Kindern oder bei Vergewaltigungen haben wir Jahrzehnte oder Jahrhunderte einer falschen Beschuldigung des Opfers hinter uns, und ein Patient gilt noch immer als schwierig, wenn nicht stigmatisiert als untauglich oder untherapierbar, der in einer Analyse scheitert. Natürlich kann man die Entscheidung Kaisers, einige Wochen nach Beginn seiner Analyse seine Übertragungsaffekte, seine Wahrnehmungen, die angstvollen Zweifel, also sein lebendiges, wenngleich deformiertes Selbst zu verbergen, als «schuldhaft» oder mitursächlich für das Scheitern ansehen. Aber es gilt auch zu sehen, daß Ausbildung, Machtstruktur und die «Wahrheitsfähigkeit» eines ganzen Instituts bereits stark behindert waren, als er diese Entscheidung traf. Ihm wurde von Kollegen geraten, zu schlucken und zu schweigen. Allerdings bleibt zu fragen, und diese Frage liegt unausgesprochen allen Fragen in einer Familientherapie bei bedrohlichen Geheimnissen zugrunde: Hätte das Institut (und viele andere Institute und Institutionen) diese Frage und offene Antworten darauf überlebt? Und schon stehen wir vor dem Grundproblem jeglicher Loyalität des Kindes seiner Familie gegenüber, von der es zu Recht oder schon aus neurotischen Gründen annimmt, daß die jeweils eigene Wahrheit dem Ganzen nicht zumutbar ist. Aus diesem Dilemma stammt ja Alice Millers wuchtiger Buchtitel «Du sollst nicht merken». Besteht zudem noch eine Konkurrenzsituation zu anderen Instituten (oder Familien, Schulen, Nationen, Nachbarschaften, Clans) oder eine Konkurrenz zu anderen Ideologien (Staatsformen, Ausbildungsgängen, Zugehörigkeitssystemen), dann gewinnt die vertuschende Loyalität leicht die Oberhand und die wahrheitsunterdrückenden Pressionen (real oder neurotisch überhöht) nehmen einen immer bedrohlicheren Charakter an, weil – mindestens in der Phantasie der Mächtigen – ein Bankrott droht.

Das ist einer der sozialpsychologischen Gründe, warum autoritäre Systeme so schwer zu reformieren sind ohne den realen Sturz (oder den Tod) von Personen, den diese natürlich fürchten und mit immer subtileren oder brutaleren Mittel hinauszögern. Die Geheimdienste aller Diktaturen (ob in Instituten, Großorganisationen oder Nationen) erfassen dann nicht mehr marginale Widerstände oder lokalisierbare Widerstandszentren, sondern kennen oder ahnen die breite Grundschicht von Haß, Mißtrauen und Opportunismus.

Bei Kaiser heißt es allerdings irgendwann über den innerseelischen Umgang mit der Wut und der Einsamkeit mit seiner Wahrheit: «Der Haß ließ nach, ich wurde depressiv.» Mit der Depression verschwindet auch die klare Sicht auf die Ursachen. Die anfangs noch erahnte Bedrohung durch ein unbekömmliches soziales Geflecht wird nach innen genommen und verwandelt sich in den Verdacht der Unfähigkeit, der Untherapierbarkeit, des Selbstzweifels und der Selbstbezichtigung. Ein wichtiger Teil der Folgetherapie mag es sein, die Wahrnehmung für das Schicksal der eigenen Affekte wieder zu beleben und den realitätsgerechten Teil der Wut aus dem Sumpf der Depression herauszuholen.

Damit verknüpft ist das folgende Thema: Mindestens bis zur Generation der vor 1960 Geborenen halte ich es fast schon für einen Kunstfehler, nicht nach der Bedeutung der Religion im Seelenleben des Kindes, des Jugendlichen, des Erwachsenen im Patienten zu fragen. Gerade bei den schwereren Störungen liegt es nahe, daß das Kind in seiner Verzweiflung sich aus dem Mangel an elterlichem Erkennen und Lieben ein Gegenmittel in Form von Gott oder Christus «einverleibt». Als allgemeine Tendenz habe ich dies erst lange nach der Niederschrift meiner «Gottesvergiftung» erkannt, als ich besser in der Lage war, Gottesübertragungen (sie können auch in Form von Kirchen-, Kapellen- oder religiösen Stimmungsübertragungen auftreten) zu diagnostizieren und therapeutisch zu handhaben. In Kaisers Fall liegt immer wieder eine Gottes- oder Göttinnenübertragung vor, vermutlich nicht nur als Teil einer Mutterübertragung, sondern als selbständige psychische Einheit, die aber offenbar nie angesprochen wurde. Inwieweit die Vernichtungsängste auch mit latenten Kriegs- oder NS-Stimmungen zu tun haben, bleibt unklar. Die Wahrnehmung des Hauses der Analytiker als Burg oder verbarrikadierte Festung oder Gefängnis spricht jedenfalls dafür.

Schulspezifisch, mindestens für die zurückliegenden Jahrzehnte, scheint die Angst vor, ja die Verhinderung von Regression zu sein, weil es dafür noch kein geeignetes und handhabbares Instrumentarium gab. Auch weil Regression, vielleicht im Gefolge von Schultz-Hencke und der Mannbarkeits-Psychotherapie der NS-Zeit, als Verwöhnungssucht gesehen wurde. Zwar weisen die Träume Kaisers oft genug auf frühe Stadien des Seelenlebens hin, in dem sich unbewußt das Körperschema entwickelt oder die zunächst unterschiedlichen Kommunikationskanäle des kleinen Kindes sprachlich koordiniert werden, aber sie wurden nicht aufgegriffen.

Noch ein paar Sätze zu dem vom Autor vor Jahren als so bedrohlich erlebten «missionarischen» Angebot von Berührung innerhalb der von mir praktizierten analytischen Therapie. Bei seinem Maß an Vater-«Entbehrung», wie sie im Text zum Ausdruck kommt, und bei der gleichzeitigen Aneignungsbindung an die Mutter ohne tragenden Körperkontakt, verbunden mit einer gewissen Ausstrahlung von Bedürftigkeit während der Therapie, wäre eine körpertherapeutische Ergänzung ideal gewesen. Die meisten Träume behandeln die psychische Bedrohung durch deformierte Körperbilder. Die Hypochondrie der somatischen Krankheitsangst, in die die Depression mündete, zuletzt als massive Krebsangst, beruht auf einer strikten Spaltung zwischen psychischen und somatischen Ursachen. So reflektiert Kaiser seine damalige Phantasie über sich selbst bei einem verängstigten Besuch in der Hämatologie: «Mein Lebenssaft war vergiftet ... Hier waren Spezialisten, vielleicht gab es Hoffnung. Endlich Könner, für den Körper zuständig. Vielleicht konnten die meinen Zerfall noch aufhalten.» Der tiefste Punkt der Depression ist erreicht, als Kaiser sich fragt: «Warum hatten die zwei für die Seele Zuständigen und der hier, Kenner des Körpers, nichts gefunden?» Körper und Seele waren von den Spezialisten strikt getrennt diagnostiziert und behandelt worden.

Drei Faktoren sprachen für den Patienten gegen die Einbeziehung des Körpers in die Psychotherapie: erstens das sexuelle Mißbrauchserlebnis in Hamburg, von dem ich in der Therapie nie erfuhr und das vermutlich als unbewußte Warnung vor Berührung funktionierte; zweitens eine neu aktivierte, doppelte negative Mutterübertragung, die a) den Körper des Vaters gewissermaßen «bannte» und b) durch das gefürchtete «Ich glaube zu wissen, was für sie gut ist» das Angebot in den gefährlichen Bereich der «klebrigen» und übergriffen Mutter verschob. Vielleicht wäre im Akzeptieren von körpertherapeutischen Anteilen die Kluft des Loyalitätskonflikts zum «berührungsfreien» Bekenntnis des Instituts zu groß geworden. Ich hatte also in der Nachbehandlung das Gefühl, daß er vom Wertvollsten, das ich anzubieten hatte, nicht Kenntnis nehmen wollte, gleichzeitig aber das Gefühl, daß das vehemente Nein gegen mein Angebot ein wichtiger Schritt beim Wiederfinden von selbstbewußter Autonomie war.

Die Nachtherapie bei mir verstieß ohnehin schon gegen alle natürlich ungeschriebenen Loyalitätsregeln und Tabus des Instituts, Familienhader nicht nach außen zu tragen. Dies führte zwangsläufig zu einer Verstärkung der Tendenzen zur sozialen oder kollegialen Isolierung, wie sie ohnehin schon aus dem «Gezeichnet»-Sein als mißbrauchtes Kind oder mißbrauchter Patient erwächst. Die seelischen Folgelasten einer solchen Analyse- und Ausbildungskatastrophe zeichnen sich oft erst Jahre später ab, wenn die Depression überstanden ist. Auch Kaiser brauchte mehr als ein Jahrzehnt, um sich den früheren Geschehnissen und Affekten wieder anzunähern.

Anklage

Der Mißbrauch der Macht

Dies ist der Bericht über meine psychoanalytische Ausbildung an einem Ausbildungsinstitut, an dem Mißstände in krassester Form blühten. Hier geschah im kleinen, was nur zu oft im großen geschieht: der Mißbrauch von Macht und das Schweigen der Ohnmächtigen. Dieses Institut kultivierte die Mißbräuche, die in der institutionalisierten Psychoanalyse liegen, aufs äußerste. Eine Ausnahme stellt es allenfalls insofern dar, als hier alles Unmögliche möglich war. Möglich wurde das alles aber nur innerhalb dieses starren Systems. Trotz jahrzehntelanger interner Diskussionen und einiger zaghafter Ansätze zu Veränderungen in den letzten Jahren hat sich daran grundsätzlich nichts geändert. Das darf nicht so bleiben. Die Psychoanalyse ist ein zu wertvolles Gut. Derartige destruktive Mechanismen schaden dem Anliegen Psychoanalyse und den Menschen.

«Das geschlossene System der psychoanalytischen Ausbildung verfehlt ihr eigenes Ziel, die krankmachenden Erlebnisse der Kindheit aufzulösen. Der Lehranalyse fehlen alle Merkmale einer echten Analyse. Der Lehranalytiker tut tatsächlich alles, was in einer therapeutischen Analyse als Kunstfehler gilt.» Dies stellte Anna Freud 1938 in einem Vortrag in Paris fest, der dem deutschen Leser erst 1968 zugänglich wurde. Wen wundert's in Anbetracht einer Organisation, die «auf Grund innerer Gesetzmäßigkeiten zunehmend konservativer wird und sich auf praktische Ziele und Selbsterhaltungszwecke einstellt». Das Zitat stammt von Hanns Sachs, 1939. Bis heute hat sich wenig geändert. Dies ist einer der

Gründe für den beklagten Mangel an psychoanalytischer Forschung. Es herrscht die Angst vor neuen «abweichlerischen» Ideen. Der Text bietet zu all diesen Punkten eine Fülle von Beispielen wie auch für die von Anna Freud vor sechzig Jahren beklagten Kunstfehler: Immer noch findet die Ausbildungsanalyse bei einem Lehranalytiker des Instituts statt. Dieser ist einerseits Funktionsträger und verfügt somit über Macht über seinen Analysanden, ist andererseits aber zu dessen Wohl verpflichtet. Wie soll das gutgehen ohne Denkhemmung auf beiden Seiten?

Immer noch finden drei Vorgespräche statt, die über die Zulassung zur Ausbildung entscheiden. Der Bewerber befindet sich in einer Double-Bind-Situation. Er kann es nur falsch machen. Er kann über intimste Dinge befragt werden von drei ihm Unbekannten. Wird er es wagen, die Beantwortung abzulehnen? Damit riskiert er seine Ablehnung. Ist er offen, riskiert er sie auch. Obwohl die Nichteignung der Erstgespräche zur Auswahl längst erwiesen ist, behält man sie bei. Weshalb?

Dieses Zulassungsverfahren ist das erste Instrument der Macht, mit dem ein Bewerber am Ausbildungsinstitut in Berührung kommt. Er kann nur auf die Ausbildung verzichten oder sich unterwerfen. Bereits Balint nannte das Zulassungsverfahren einen Initiationsritus, dessen Sinn es ist, dem Bewerber die Macht der Herrschaft und seine eigene Ohnmacht vor Augen zu führen. Cremerius* nennt als weiteres Motiv für die Beibehaltung des Zulassungsverfahrens die damit verbundene Verschleierung der Tatsache, daß die Lehranalyse zu sehr bescheidenen Ergebnissen führt. Denn wenn die Analyse einer durch drei Spitzenanalytiker geprüften Gruppe von Elitepersonen durch Eliteanalytiker so wenig bringt, dann

* siehe Nachwort S. 161 ff.

werde, so fürchtet die Institution, der Wert der therapeutischen Analyse extrem in Frage gestellt. Aber gerade der therapeutische Wert der Psychoanalyse dient der Institution dazu, ihre Macht in der Gesellschaft zu festigen.

Interessanterweise werden die hohen Standards des Zulassungsverfahrens immer dann aufgegeben, wenn Mangel an Bewerbern herrscht. Es gibt Richtlinien der Fachgesellschaften zur Verhinderung von Machtmißbrauch, die im Zweifelsfall mißachtet werden. So darf z. B. der Institutsvorstand nicht aus miteinander Verwandten bestehen, auch darf kein – allerdings nur «kein dienstliches» – Abhängigkeitsverhältnis zwischen Ausbildungsfunktionsträgern und Auszubildenden bestehen.

Die neben der eigenen, inneren Abhängigkeit vorhandene reale Abhängigkeit, die darin liegt, daß die Lehranalyse bei einem Lehranalytiker des Ausbildungsinstitutes stattfindet, besteht nach wie vor. Zudem ist der Lehranalytiker im Ausbildungsausschuß oder im -vorstand. Die Kontrolle besteht weiter. Wie soll da rückhaltlose Selbsterforschung möglich sein? Verschweigen von Kritik, von Zweifeln am Analytiker oder an der Methode, Verschweigen von Mißtrauen und aggressiven Gefühlen ist die Lösung, d. h., die negative Übertragung ist nicht analysierbar. Idealisierungen werden zum rettenden Strohhalm, Anpassung und Unterordnung bleiben bestehen. Was ist der Sinn hinter diesem Unsinn? Der Nutzen besteht in der Sicherung der Hierarchie, des Systems. Gefahren, die aus einem kritischen Potential erwachsen könnten, werden ausgeschaltet. Der Institution und der Erhaltung ihrer Macht werden die analytischen Prinzipien geopfert. Es gibt eine Fülle kritischer Fachliteratur hierzu, doch die Institute sind aus Beton, sie rühren sich nicht. Nach Watzlawick sind Lösungen im Hinblick auf eine sich ständig reproduzierende Wiederholungsbewegung mit längst etabliertem kritischem Potential nur von außerhalb eines schlecht funktionierenden Systems zu erwarten.

Man kann Erzieher, Psychiater oder Seelsorger werden ohne derartige Initiationsriten. Man kann die Universität wechseln, man kann den Prüfer wählen oder ihn wechseln – all das ist hier nicht möglich. Es gibt nur zwei Alternativen: Ohren anlegen und durch bis zum oft genug bitteren Ende oder Verzicht auf die Ausbildung. Meist hat man aber bereits mehrere 10 000, oft schon 100 000 Mark investiert – wer wird die in den Sand setzen wollen? Ein Wechsel an ein anderes Institut? Mit Familie den Wohnort und den Arbeitsplatz wechseln, in der Unsicherheit, an einem anderen, vielleicht liberaleren Institut zugelassen zu werden nach dem Abbruch der Ausbildung? Mein Institut stand bei anderen Instituten in hohem Ansehen. An einem ordnungsgemäß geführten Institut – heute – ist die Wahl des Lehranalytikers frei, es besteht keine Kommunikation zwischen Ausbildungsausschuß und Lehranalytiker über seinen Analysanden. Das bedeutet für letzteren ein Mehr an Freiheit. Jedoch sind für den Anfänger ohne Erfahrung mit der Psychoanalyse die Fallstricke, z. B. die Problematik des Eignungs-Erstinterviews und die Verletzung psychoanalytischer Essentials, immer noch undurchschaubar.

Damit ist die erste der Fragen beantwortet, die mir gestellt wurden, als ich das Manuskript Kollegen und Freunden zum lesen gab: Warum hast du dich nicht gewehrt? Sicher gab es dafür auch eigene, rein persönliche, in meiner Biographie liegende Gründe. Wie der Text beschreibt, stand auf Bruch der Loyalität zur Mutter die Todesstrafe. Gefordert war Vertuschung. Die Wiederholung – statt Hilfe bei der Lösung der Probleme – erlebte ich am Ausbildungsinstitut. Dort stand auf Nichtvertuschen der Ausschluß von der Ausbildung. Meine Schuld oder mein Anteil am Scheitern lag darin, daß ich meine Wahrnehmungen sehr bald für mich behielt, wie zu Hause gelernt, auch hier, anscheinend unbemerkt, untertauchte und dafür das Abschlußzertifikat erhielt. Ich denke, unter den herrschenden Umständen war das die beste Lösung. Spätere gescheiterte Aufstandsversuche, selbst von Lehranalytikern, sprechen hierfür. Eine Heilung war damit natürlich verhindert. Jahrelange Panik und Depression waren der Preis.

Schade ich mit diesem Buch nicht der Psychoanalyse? Arbeite ich nicht ihren Feinden und Kritikern in die Hände? Diese werden hier sicher Argumente in Hülle und Fülle finden. Dennoch: Ich arbeite immer noch und gerne in meinem Beruf. Die Alternative wäre gewesen zu schweigen. Du betreibst eine brutale Abrechnung, noch dazu mit einem Toten; Leichenfledderei ist das, sagen mir andere. Und weshalb heute noch diese Wut, nach so vielen Jahren? Da muß doch etwas nicht aufgearbeitet sein? So ist es. Wie sollte es denn? Ich habe versucht, zu beschreiben, was ich damals empfunden habe. Heute spüre ich nur noch Zorn. Ich denke, er ist etwas Gesundes in Anbetracht dessen, was in dieser Welt alles möglich war. Er ist mein Protest gegen das Unrecht. Einige fragten, weshalb schreibst du das nach so vielen Jahren? Nach all der Zeit erst hatte ich genügend inneren und auch äußeren Abstand, das Erlittene «gefaßt» zu ordnen. Hier mag noch etwas sehr Persönliches eine Rolle spielen: Meine Mutter, die ich hier beschrieben habe, ist vor kurzem mit 94 Jahren gestorben, nachdem ich sie lange Zeit auf ihrem Weg über das Krankenhaus, eine Pflegestation und ihr Sterbelager begleitet habe. Ich wollte nicht, daß sie von meinem Text etwas zugetragen bekommt.

Vielleicht aber hatte ich erst jetzt den nötigen Mut. Im Klappentext einer Sammlung von Kongreßvorträgen ist zu lesen: «Erst in jüngster Zeit ist in die Ausbildungsfragen wieder Bewegung gekommen. Selbstverständlich können es sich vorerst nur ausgewiesene, international anerkannte Psychoanalytiker erlauben, die überkommenen Grundsätze in Frage zu stellen ...» (U. Streeck und H.-V. Werthmann, Hrsg. Göttingen, 1992). Diesen Satz sollte man sich auf der Zunge zergehen lassen. Weshalb «selbstverständlich»? Klingt das Ganze nicht fast wie eine Warnung?

Besorgte rieten mir: «Schreib unter Pseudonym. Du unterschätzt die Brisanz deines Textes.» Dies kam, um der Glaubwürdigkeit willen, nicht in Frage, auch wenn es wegen der unausweichlichen Selbstenthüllung und der Enthüllung zweier Lehranalytiker verlockend gewesen wäre. Deren Darstellung verstehe ich lediglich exemplarisch, sie sind Glieder dieses Systems, das ihnen die Möglichkeiten zur Machtausübung erlaubte. Ein Verleger fragte mich: «Weshalb schreibst du es in dieser Form? Schreibe ein Sachbuch, und wir drucken es.» Ein Sachbuch hätte ich schreiben können, wenn ich Beobachter dieser Vorgänge gewesen wäre. Aber: Ich bin Betroffener, ich will von Erlebnissen berichten. Hier geht es nicht um eine *Sache*, hier geht es um *Gefühle* – um Gefühle, die in dieser oder ähnlicher Weise jeder von uns in seiner Kindheit erlebt hat. Die Psychoanalyse verspricht, dabei zu helfen, diese Gefühle abzubauen, so daß wir sie im Erwachsenenleben nicht in ihren automatisierten Mustern endlos wiederholen müssen. Selbstaufklärung ist ihr erklärtes Ziel und ihr einziger Sinn. Innerhalb dieses Systems ihrer Institutionen kann sie das nicht leisten. Tragisch ist es, wenn die Psychoanalyse alle diese Hoffnungen auf ein freieres Leben zerstört, indem sie die Erlebnisse der Kindheit nur noch einmal wiederholt und einen entläßt, ohne Hoffnung.

Der Leser findet zunächst den Bericht über eine verstörende Kindheit, dann den über eine zerstörende Ausbildung zum Psychoanalytiker. Dem interessierten Leser möchte ich zumuten, zu entdecken, wie sehr sich die traumatischen Erlebnisse der Kindheit in den Lehranalysen wiederholen, statt dort gelindert zu werden. Kindheit und Lehranalyse decken sich wie zwei nahezu identische Folien.

Teil I

Kindheit:
Der Schrecken des Todes und der Einsamkeit
Macht und Ohnmacht zum ersten

Meine frühste Erinnerung ist zartrosa. Zwei große, runde, rosige Scheiben Schinken auf einem Teller, die ersten nach Kriegsende. Eine für den kleinen Knirps, eine für die Mutter, und der Vater darf nichts davon wissen. Die Eltern waren kurz vor Kriegsbeginn aus München in einen Ort nahe der Schweizer Grenze gezogen. Dort wurde ich mitten im Krieg gezeugt. Es war das Jahr, in dem die 6. Deutsche Armee unter General Paulus Stalingrad eroberte. Noch sah es nicht hoffnungslos aus. Ob meine Eltern in irgendeiner Weise am Weltgeschehen interessiert waren, ist mir nicht bekannt. Vielleicht als die 6. Armee wenig später von den russischen Streitkräften eingeschlossen wurde? Oder als die Deutschen im selben Jahr noch zwangsweise das Warschauer Ghetto räumten? Jedenfalls war es keine Zeit, um Kinder zu zeugen. Aus gewissen unklaren Gefühlen heraus geschah es dennoch. Etwas mehr Überlegung, auch Verantwortungsgefühl von einem der beiden oder noch besser von beiden hätte ich mir gewünscht. Was sie sich dabei dachten, weiß ich nicht, und was sie dabei fühlten, ist mir völlig unvorstellbar. Ich vermute, sie machten mich, damit etwas Lebendiges in ihrem Leben war. Damals hatte Vater noch zwei Beine. Ihr Vater soll ein sehr fröhlicher, lustiger Mensch gewesen sein, der gern sang und mit den Kindern Unfug machte. Ihre Mutter war eine ernste, immer kränkelnde Frau in Schwarz. Beide Eltern waren die Zweitjüngsten von acht Geschwistern. Mutter soll als Kind eine Wilde gewesen sein und damit eine ständige Last für ihre aufgebrauchte Mutter.

Mit 16 Jahren verließ sie ihr Elternhaus, ging in Stellung, d. h., sie war Mädchen für alles bei den vornehmen Leuten. Das hat sie ihnen ein Leben lang nicht verziehen. Dann wurde sie Serviererin. Dort im Café hat sie meinen Vater kennengelernt. Zuerst ist er vor ihr, der Zeit und der Armut geflohen und hat die halbe Welt bereist. Weil er es dort auch zu nichts brachte, kam er nach fünf Jahren zurück. Von da an waren sie so weit voneinander entfernt, als läge immer noch das weite Meer zwischen ihnen.

In der Nähe der Grenze zur Schweiz war es ruhiger, als der Krieg ausbrach. Es gab keine Luftangriffe und Bombardierungen. Obwohl der Vater einer der scheusten und deshalb unauffälligsten Menschen war, schon damals, im Dritten Reich, in der inneren Emigration, entging er seinem Schicksal nicht. Er wurde Ende 1944 noch eingezogen zur Flugabwehr. Kurz vor Kriegsende, als er in seinen Träumen schon wieder zu Hause war – nie gingen seine Träume in Erfüllung –, erwischte ihn noch ein Granatsplitter. Er war dreiundvierzig Jahre alt, ein eher jüngerer Mann noch, auch die Mutter mit zweiundvierzig Jahren keine alte Frau. Und doch sind beide in meiner Erinnerung *alte Leute*, eher Großeltern. Ich vermied es später, mit ihnen, vor allem mit der Mutter, in die Stadt zu gehen. Sie hatte einen grauen Haarknoten und trug armselige Kleider, als Zeichen, daß sie einen Versager zum Mann hatte. Sie sah so gar nicht aus wie die Mütter der Schulkameraden mit ihren üppigen gefärbten Haaren, Dauerwellen, Kostümen, hohen Absätzen, Lippenstift und Parfümduft. Die Mutter roch nach Zwiebeln, und mit Gurkenschalen rieb sie sich die Haut ab. Das sei gut für den Teint. Für solche Gedanken schämte ich mich umgehend.

Meine ersten zwei Lebensjahre könnte ich, trotz Krieg, in einer halbwegs heilen Welt gelebt haben. Erinnerungen daran habe ich keine. Aber es gibt Fotos: Da sieht man einen strahlenden Vater, eine strahlende Mutter, beide sehr mager, den Sohn auf dem Arm haltend. Ein kleiner, wohlgenährter Knirps, der mit wachen Augen aus dem Bild schaut. Im Hintergrund ein geschmückter Weihnachtsbaum. Das war immer Vaters Sache. Er reihte stundenlang Faden neben Faden, Lametta über die Zweige. Es gibt noch ein paar Bilderbücher aus der Kriegszeit, die der Vater gezeichnet hatte: Lokomotiven, Schiffe, Eisenbahnen – auf Karton, zusammengehalten durch eine Kordel aus bunten Wollfäden. Und eine Kasperpuppe, von der Mutter genäht. Auf einigen Fotos schleppe ich sie mit mir herum. Damals muß ich noch aufgeweckt und frech gewesen sein. Ich soll durch den Gartenzaun die Passanten draußen angemotzt haben.

Nach der Verwundung lag der Vater ein halbes Jahr im Lazarett. Penicillin gab es keines. Er bekam Wundbrand. Dieses Wort hat sich mir tief eingebrannt. Das Bein mußte am Oberschenkel amputiert werden. Mit dreiundvierzig Jahren. Dann kam der Vater nach Hause. Bis dahin – seltene, vage, aber kostbare Erinnerungen – durfte ich im Bett der Mutter schlafen. Ich weiß, spüre fast noch, wie ich mich ankuschelte, an die warme Haut der Mutter wollte, mit leiser Erregung. Das war jetzt vorbei. Die kleine, heile Welt zerbrach, als der Vater nach Hause kam. Ein geschlagener, depressiver Mann, ohne Träume und Hoffnungen, ohne Tränen und Lachen. Kraftlos, saftlos und völlig verbittert. Es gab keine Spiele mit ihm und keine Balgereien. Nicht einmal berühren durfte ich den Siechen, der um Genesung rang.

Und später, da konnte der Vater nicht, wollte vielleicht auch nicht mehr seinem Sohn die Welt erklären, die Pflanzen und Tiere, den Himmel und die Erde und alles, was dazwischen ist. Damals gab es noch keine Waschmaschinen. Die Verbände wurden in der Waschküche im Zuber ausgekocht, in der Küche hingen sie zum Trocknen. Die Wohnung roch nach Seife und Krankenhaus. Immer mußte man still sein.

Dann fing der Vater an, mit Krücken zu laufen. Später bekam er eine Prothese. An die erinnere ich mich noch ganz genau. Mir war das immer ein bißchen unheimlich. Sie stand im Schlafzimmer der Eltern, in einer Nische, davor ein Vorhang. Da im Halbdunkel stand sie, im Knie leicht gebeugt, als wolle sie sich in Bewegung setzen. Teil eines Roboters. Das Holzbein aus honigfarbenem Holz, blank poliert, mit starken mattgraugrünen Gurten an Fuß- und Kniegelenk, die dadurch beweglich wurden. Sie knarrten leise. Oben war eine Mulde im Holz, zur Aufnahme von Vaters Oberschenkelstumpf. Ab und zu nur klagte er, wenn es gar zu schlimm war und er Phantomschmerzen hatte, das fehlende Glied ihm weh tat. Ich habe das damals nie verstanden, wie etwas Fehlendes weh tun kann. Später schon, das kennt ja jeder. Der Vater lernte damit laufen, benützte dann nur noch einen Stock. Es war die Zeit, in der Lebensmittel knapp waren. Man ging hamstern: ein Fotoapparat, über den Krieg gerettet, gegen ein paar Schuhe. Man sammelte Fallobst. Ab und zu gab es Ärger mit den Bauern. Wir suchten Eicheln für Kaffee-Ersatz, da war noch irgendetwas mit Zichorie, junge Tannentriebe, um Honig und Bucheckern, um Öl daraus zu bereiten. Es gab Sauerampfer- und Brennesselsuppe. Die hab ich in Erinnerung als größten Leckerbissen.

Manche Paare haben sich nach dem Krieg wieder zusammengerauft, sind dann erst wieder ein Paar geworden, andere haben es nicht geschafft, haben sich getrennt und neu angefangen. Meine Eltern haben ihre Chance nicht nutzen können.

Der Krüppel brauchte ihre Pflege, und sie haßte ihn leidenschaftlich dafür, bis dreißig Jahre später sein Tod sie besänftigte. Das Unglück brach herein. Der Vater war verstummt.

Sie mußte das Geld verdienen. Meine Halbschwester, damals zweiundzwanzig Jahre alt, mußte kommen und die Pflege des Vaters übernehmen. Sie war vorehelich, wurde von der Mutter zuerst in ein Heim gegeben, bis sie mit acht Jahren, als meine Eltern heirateten, zu ihnen kam. Die ganze Geschichte galt als unendliche Schande. Ich erfuhr es erst zwanzig Jahre später von der Schwester. Es hatte Folgen bis in die Zeit sexueller Aufklärung: Eine Frau, mit der man geschlafen hat, muß man heiraten.

Jetzt wurde die Familie geteilt, ohne daß die Eltern sich je getrennt hätten. Mutter und Sohn gegen den Vater. Der wehrte sich nicht. War nur eben da. Der frühere Atlantikfahrer hatte jetzt einen Radius von drei Kilometern um seinen Stuhl als Mittelpunkt. Für die restlichen dreißig Jahre seines Daseins lebte er als große Schnecke. Sie blieben zusammen, bis der Tod sie trennte. Ich lernte daraus, daß es besser zu sein scheint, sich gegenseitig ein ganzes langes Leben zur Hölle zu machen. Sie gewöhnten sich an ihren Haß. Er wurde ein Teil von ihnen. Ohne ihn konnten sie nicht mehr leben. Er war ihr Inhalt, Sinn und einzige Befriedigung. Das Problem war: Eigentlich brauchte sie ihn nicht. Sie hatte uns bisher alleine durchgebracht, nun mußte sie ihn mit durchbringen, und das ließ sie ihn spüren. Da niemand viel sprach, erinnere ich nur Bruchstücke von Gesprächen. Einmal ging es um Lebensmittelkarten. Die Fünferkarte, auch Hungerkarte genannt, ihrer Ansicht nach zu wenig zum Leben und zu viel zum Sterben. Ohne ihre Schwarzmarktgeschäfte, Organisieren und Hamstern wäre er längst verhungert. Er murmelte etwas wie Feindberührung, worauf er für Stunden das Haus verließ. Einmal brachte er ein Küken mit nach Hause, das er eingetauscht hatte gegen seinen Fotoapparat, den sie über den Krieg gerettet hatte. Er fütterte das Tierchen mit Körnern und hoffte auf Eier. Ein Ei kostete fast einen Wochenlohn. Das Küken wuchs zu einem prächtigen Hahn heran. Hob is ned gsogt, a Depp is er, sagte sie, und er aß den Hahn alleine auf.

Meine früheste Erinnerung, es muß kurz nach Kriegsende gewesen sein, ist die mit den zwei Scheiben rosigsaftigem Schinken, von denen der Vater, wie sie sagte, nichts wissen durfte. Das mußte wohl ein böser Vater sein, der uns den Leckerbissen nicht gönnte, man mußte Geheimnisse vor ihm haben. Von der Mutter aber kommt das Gute. Sie sorgt für das Kind, sie teilt mit ihm, und vor ihr braucht man keine Angst und keine Geheimnisse zu haben. Für all das muß man ihr dankbar sein. Man muß sich vom bösen Vater fernhalten und darf ihr keine Sorgen machen. Denn Nahrung ist Leben, und wer sie verteilt, hat die Macht, ist gefährlich, kann einen mästen und dann auffressen oder aber verhungern lassen. Der Vater war überflüssig, geduldet und durchgefüttert. Mit Schwartenmagen und Blutwurst, Wasser und Brot. Heute vermute ich, sie haßte ihn bis aufs Blut wegen seines auf sie Angewiesenseins, denn vor nichts hatte sie selbst mehr Angst.

Er versuchte, Arbeit zu finden und sich zu Hause nützlich zu machen. Er konnte es ihr nicht recht machen. Das hätte ich ihm gleich sagen können. Ich hielt mich aber in jeder Hinsicht zurück, denn noch war die weitere Entwicklung dieser beiden unklar. Was ich aber immer besser lernte, war, ihr mußte man es recht machen, auch wenn das nicht möglich zu sein schien. Dieses Schinkenessen machte mich zu ihrem Komplizen – um nicht auch zum Feind zu werden. Von diesem Augenblick an war ich mitverantwortlich für alles, was geschah. Der Schinken schuf Einheitsgefühle, fesselte uns aneinander und schloß den Vater aus. Er war geächtet, vogelfrei. Irgendwann glaubte ich der Mutter. Es ist erschreckend, wie wirksam Erziehung funktionieren kann. So begann meine Angst vor dem Vater. Sie wurde mir eingepflanzt von einer einsamen, vom Leben und der Welt enttäuschten Mutter, Krankenpflegerin und Ernährerin in einem. Alle waren völlig überfordert.

Trotz aller Mühe der Mutter, zwischen mich und den Vater einen Keil zu treiben, muß ich noch Versuche gemacht haben, mich dem kranken Vater zu nähern, um ihn zu werben, ihn für mich zu erobern und ihn zu lieben. Wie sonst ist es zu verstehen, daß meine Mutter mich – in ihrer Not – vergiften wollte? Vier Jahre war ich da alt.

Ich sitze in einem Sessel mit hölzernen, blankgenutzten Holzlehnen, kalt und glatt und mit geflochtenen Seiten und Polstern aus bronzefarbenem, rauhem Stoff, mit einem Muster aus kleinen, hellen Rauten. Ein geblümtes Kissen, brokatähnlicher Stoff. Die Ecke einer hellen Tischdecke mit umhäkeltem Rand. Ein Stück fleckiger, olivgrüner Teppich. Auf rissigem Linoleum. Kindergeschrei von draußen. Diffuses Licht fällt durch gelbe Gittervorhänge. Überall Gitter. Unruhige Abendstimmung. Meine Mutter überschreitet die Schwelle. Sie kommt aus der Küche, rotweiß geschürzt, in Hausschuhen. Leise. Mit grauem Haarknoten und ohne Zweifel. In jeder Hand hält sie ein Glas mit einer milchig-trüben Flüssigkeit, an dem einen laufen ein paar Tropfen an der Seite herab auf ihre Hand. Ihr Küchengeruch nähert sich. Sie lächelt und gibt mir das Glas, als sage sie, komme mit mir, wir werden uns nahe sein, und keiner wird uns jemals trennen. Ich schreie und schreie, obwohl ich mich sehr nach Nähe sehne. Nie mehr werde ich aufhören können mit meinem Schreien. Ich schreie um mein Leben. Sie sagt, allein mit ihm lasse ich dich auch nicht, und geht wieder hinaus.

Ich weiß nicht, ob ein Kind schon versteht, was das ist, der Tod. Und doch hatte ich panische Angst. Könnte sie es nicht noch einmal, heimlich, versuchen? Nein, irgendwie wußte ich, es war eine Drohung gewesen, eine Warnung. Ich ging kein Risiko mehr ein. Da muß ich begriffen haben, daß alles jederzeit zu Ende sein kann und daß man sich und seine Gefühle verbergen muß und lange Zeit geduldig warten können muß, bis ein unverschuldetes Unglück vorbei ist. Da fällt mir nun ein, ich hatte es völlig vergessen, ich habe sie beide einmal – so etwa mit acht Jahren –, symbolisch, vergiftet. Ich hatte Pfeffer und Salz vertauscht, mit der Phantasie, es sei jetzt Gift im Salzstreuer. Ich hatte fürchterliche Angst, der Verdacht könnte auf mich fallen. Sie stritten sich schrecklich darüber, wer von ihnen es gewesen war, und ich glaube, für mich war es ein trauriger Triumph.

Vielleicht um mich vor ihr zu schützen, brachte sie mich in ein Kinderheim. Zum Guten Hirten, so hieß es. Der Name war eine Lüge. Sie muß vor Angst, mich an den Vater zu verlieren, fast verrückt geworden sein. Wie ein siamesischer Zwilling, der nicht weiß, ob er eine Trennung überlebt. Spätestens hier dürfte klargeworden sein, weshalb etwas mehr Verantwortungsgefühl angebracht gewesen wäre, bevor man mich auf den Weg in diese düstere Welt brachte.

Daß ich in dieser Zeit geboren wurde, nennt die Mutter einen nichtgeplanten Unfall, womit gemeint sein wird, daß ich meine Existenz dem hormonbedingten Ausfall aller Vernunft zweier Menschen verdanke, die nicht bedachten, was sie gerade treiben wollten und welche unabsehbaren Folgen diese vielleicht sogar lustvollen, wenigen Augenblicke haben würden. Über eventuelle Vorlieben bei dieser sinnlichen und aufregenden Sache von einem oder gar beiden sprach die Mutter nie. Der Vater sprach ohnehin nichts. Sicher ist nur, daß sie jetzt Kondome besorgte, von denen er nichts wissen wollte, woraufhin sie in Streik trat. Er gewöhnte sich schlußendlich daran.

Die Nonnen im Heim, die in schwarzen, langen Kleidern mit schwarzen Hauben über den Hof und durch die Gänge flatterten wie Nebelkrähen, führten ein strenges Regiment. Meine erste, einprägsame religiöse Erfahrung. Es gab oft Schläge.

Ich bekam nur selten welche, denn ich war vor lauter Angst brav. Die anderen Kinder stahlen sich die Spielsachen, kackten sich nachts die Schuhe voll und verprügelten sich tagsüber. Ich wollte raus. Vier Jahre war ich da alt. Nur um nicht hineinzumüssen, versprach ich voller Verzweiflung, nichts zu essen zu wollen, und klammerte mich am schmiedeeisernen Gartentor fest. Die ersten Male mußte sie mich losreißen und hineinzerren. Eine unendlich lange Woche stand ich am Fenster und wartete auf sie. Obwohl es doch zu Hause nichts gab, was ich vermißte, wartete ich auf den Samstag, voll Heimweh, Sehnsucht und Angst. Warum konnte man der Zeit keinen Tritt geben, daß sie davonrannte? Montag früh war ich wieder dort. Ich baute mir wie der Vater ein Schneckenhaus. Dumpfes Brüten, wie unter einer Glasglocke. Jahre danach noch. Alles draußen war weit weg. Keine Angst und Verzweiflung mehr montags. Nur noch die Angst vor den Nonnen und den Kindern. Wenn es gelänge zu versteinern, gäbe es keine Gefühle mehr, und das wäre am erträglichsten.

Kein noch so kleines Lächeln mehr, wenn die Mutter mich abholte. – Du freust dich ja gar nicht. – Ich ließ diese Krake eiskalt erfrieren. Manchmal verwandelte sie sich dann in eine Assel oder eine Zecke. Ich war zu einem bösen Zauberer geworden. Als ich nach hundert Jahren zurückdurfte, war die Spaltung der Familie geglückt. Die Mutter seufzte oft, weinte und ging abends früh ins Schlafzimmer. Oft hatte sie Schädelbrummen. Dann stand sie morgens gar nicht auf. Manchmal aber verwandelte sie sich in eine Spinne, huschte hierhin, dorthin, fast lautlos, nirgends war man vor ihr sicher. Nur im eigenen Inneren. War ich müde und ruhig, war sie besorgt. Ist was? Hast du was? War ich lebhaft, stöhnte und seufzte sie. Wenn ich, heimlich selig, von Freunden kam, spürte sie es. Sie hatte ein Radar für das Glück anderer. Dann war sie mißtrauisch, als schmiede ich Fluchtpläne aus diesem Gefängnis. Bleierne Schwere vernichteter Freude breitete sich dann in mir aus. Das feine, unterirdische Wurzelgeflecht der Traurigkeit umspann alles. Sie lebte schmarotzerhaft von mir mit. Der ausgesaugte Rest war Leere und Dumpfheit.

In allem herrschte große Sparsamkeit. Es gab keine Verschwendung von Lachen, Scherzen, Bewegung, Worten, nicht einmal Widerspruch. Ich lebte von der Hoffnung, die aus den Nachbarfenstern herüberwehte, Musik, Lachen, Singen gar, manchmal auch tobender Streit. Das reichte, um zu überleben. Sie ging ins Bett, und der Vater saß weitere Stunden auf seinem Stuhl, lastete und übte Druck aus. Um nicht mit ihm allein zu sein, davor fürchtete ich mich und ahnte wohl auch, daß die Mutter das nicht wollte, ging ich auch in mein Zimmer. Wie unglaublich schön wäre es gewesen, der Vater hätte gesagt, bleib doch da, ich erzähle dir. Ich erzähle dir von der Zeit, in der wir uns noch geliebt haben, von der kurzen Zeit, die wir dich geliebt haben, ich erzähle dir von der Amputation, der Angst, dem Schrecken, dem Schmerz und der Trauer. Hatte er das Gekreisch der Säge gehört, in seinem Knochen? Hatte ihm eine Frau die Hand gehalten?

Dieser Vater war nur ein Vermutlicher. Jeder saß allein in seinem Gefängnis. Nichts kann einsamer sein als die Einsamkeit dieser Familie. Die Welt ist ein riesiger Kerker. Der Vater sollte verschwinden, dann ginge es ihnen gut. Wieder einmal kam die Mutter von einem Handlinienleser. Der hat gesagt, der Vater stirbt bald, dann machen wir's uns schön. Nur noch wir zwei.

Manchmal pendelte sie mit einem Teebeutel. Oder mit ihrem Ehering an einem Faden. Magische Riten zur Vernichtung des Lebens. Unheimlichkeit überall. Schreckliche Geheimnisse, die immer enger zusammenfesselten. Der Vater half mit, in dem er aufgab, sich in sein Schweigen verkroch. Er hatte das Schweigen zur Kunst entwickelt.

Morgens ging er zur Arbeit und verabschiedete sich, abends kam er nach Hause und grüßte nicht. Dann schwieg er monatelang. Jedesmal war es endgültig. Irgendwann grüßte er wieder. Niemand verstand, weshalb der Vater schwieg oder wieder sprach. Akustische Kriegführung. Damit war bestätigt: Er war blöd, hatte was gegen uns. Daß er gekränkt war, weil wir miteinander, aber nicht mit ihm sprachen, verstand keiner mehr. Fluchen hörte man ihn öfter. Herrgottsack. Gottverdammich. Und sie: Unser Herrgott wird dich schon dafür strafen, wart nur. Pfeilgiftwörter. Großzügigkeit hieß Bestechung, Friedfertigkeit war eigentlich Angst vor Streit, Bescheidenheit war die Angst, etwas zu wünschen, und ihre Aufopferung hieß: Du bist ewig in meiner Schuld. Sie sprachen, und ich wurde kraftlos.

Einmal war der Vater mit mir in den Zoo gegangen. Etwa acht Jahre war ich da alt. Er hatte sogar ein Essen dort spendiert. Ich fühlte mich unwohl. Worüber sollte ich mit ihm reden? Ich war die meiste Zeit still und er auch. Irgendwie fand ich es doch auch gut. Keimte Hoffnung? Wir fanden uns nicht. Ich habe diese Chance verspielt. Zu Hause war ich zuerst die Treppen oben. Der Vater mußte langsam machen. Wegen des Holzbeins. Die Mutter fragte, wie es gewesen war, und ich ahnte, was sie hören wollte: Ach, blöd. Inzwischen war der Vater gekommen, hörte es, und ich schämte mich schrecklich. Das hatte der Vater nicht verdient. Ich hatte ihn an die Mutter verraten und fand mich mies. Der Vater sagte nichts dazu. Wie immer, wenn etwas gründlich danebengegangen war, produzierte ich längere Gedankenspiele.

In dieser Zeit begann ich, Nägel zu knabbern. Ein junger

Tiger im Käfig, eingesperrt und gezähmt, stutzt sich selbst die Krallen. Es rettet ihn davor, sich in einen Wolf zu verwandeln. Mit einer wilden Lust nagt er an sich, er reißt die Haut ab, schlägt seine Zähne in seine Hände statt in ihre, die ihn nicht berühren, nicht einmal strafen.

Vielleicht hätte ich sie gerne zerrissen, diese beiden. Du sollst deine Eltern lieben. Was bleibt da noch? Vergebliche Versuche, auf die innere Not aufmerksam zu machen, auf die Ängste, die Einsamkeit vor allem. Irgendwas fiel aber doch auf. Die Mutter ging mit mir zu einem Psychiater, einem weiß bemäntelten, dicken Mann mit rötlichem Haarkranz, schweren Lidern mit rötlichen Wimpern und schlechten Zähnen. Der versuchte es mit Beschämung und machte sich über mich lustig. Ich schämte mich schrecklich und wollte im Erdboden versinken. Knabberte aber weiter. Hatte sich ja auch nichts geändert, sonst, zu Hause, und sich schämen, das konnte ich schon, das war nichts Neues und somit völlig wirkungslos. Wie kommt es nur, daß Erwachsene sich davon heilende oder erzieherische Wirkung versprechen, vom Beschämen? Merkwürdig.

Die Mutter gab nicht auf. Sie klebte mir Heftpflaster auf alle Fingerkuppen und schickte mich damit in die Schule. Ich erfand eine Geschichte, zur Erklärung der Heftpflaster. Das war idiotisch, denn jeder in der Klasse wußte, daß ich Nägel knabberte. Wollte ich damit gar meine Mutter in Schutz nehmen? Sie wollte doch immer nur mein Bestes. Das einzige Ergebnis war wieder, ich schämte mich. Doch nicht zu erschöpfen ist die Phantasie der Erwachsenen. Auch die Versuche, Senf auf die Finger zu streichen oder über die Ellbogen eine dicke Papp-röhre zu streifen, so daß ich die Finger nicht mehr zu den Zähnen brachte, blieben erfolglos. War ich unheilbar? Die Prognose für alle Zeit im Keller? Nein. Ich hörte freiwillig auf. In der Pubertät, als ich mich zum zweitenmal verliebte.

Die erste Liebe lag Jahre früher. Sie glühte nur vier Wochen lang. Einmal jährlich fuhr Mutter mit mir zu einer ihrer Schwestern, Tante Leni, in Urlaub. Tante Leni hatte ein Café in Kufstein, und im Nebenberuf legte sie Karten. Soweit ich es mitbekam, ging es immer darum, wie lange dieser Vater noch lebe. Tante Leni verstand nicht viel davon, denke ich heute, denn immer wieder versicherte sie überzeugend, unser Elend mit diesem Mann hätte bald ein Ende. Keine von beiden schien ob solch tödlicher Wünsche auch nur die geringsten Skrupel zu erleiden. Es mußte also eine nur mir unklare Berechtigung für dieses Treiben geben. Ich rätselte wohl eine Zeitlang herum, vermutete, als Bayerin könne man nicht im Unrecht sein, und verwarf die dumpfe Ahnung, es läge am kleinen Unterschied.

Indem ich mich beim Doktorspielen mit einem bayrischen Nachbarsmädchen erwischen ließ, machte ich meiner Mitwirkung an diesem für mich unheimlichen Geschehen ein Ende. Dieses Erlebnis war mir wert, daß ich von da an, nach einem unglaublichen Lamento, indem u. a. von – später im Gefängnis – sowie vom Fegefeuer die Rede war, nicht mehr in Urlaub mitgenommen wurde. Sie hatte ein feines Gesicht, lange, schwarze, gedrehte Locken, war sehr aktiv bei der Sache, hatte viel Phantasie und wollte mich später heiraten. Da sie sehr lieb zu mir war und ich viel erlebte, was mir fremd und neu war, war ich Feuer und Flamme. Sie zeigte mir, daß ich eine Haut hatte, die man streicheln konnte, und ihre neugierigen, sanften Berührungen überfluteten mich mit unbekannten Wonnen, die ich lange Jahre danach vermißte, von anderen Empfindungen ganz zu schweigen.

Als ich eingeschult wurde, muß ich ein völlig verschüchterter, kleiner Kerl gewesen sein. Am Tag der Einschulung sah ich, durch die offene Türe eines leeren Klassenzimmers, an dem ich an der Hand der Mutter vorbeiging, einen Storch an die Tafel gezeichnet. Weshalb gerade diese Erinnerung? Erhoffte ich mir dort Aufklärung? Die Mutter machte ab und zu unverständliche Andeutungen, was der Vater immer wolle. Offensichtlich etwas höchst Unangenehmes, unter dem die Mutter litt und an dem sie nichts ändern konnte. Irgendwie unheimlich, das alles. Geheimes Wissen der Erwachsenen. Erfuhr man es hier? Oder wünschte ich Aufklärung über meine Herkunft? Ich hielt mich ja für adoptiert. Das konnten doch unmöglich meine Eltern sein! Ich hielt Onkel Ewald für meinen wirklichen Vater. Diffuser war der Gedanke, daß dann seine Frau meine Mutter sein müßte, obwohl Tante Fränzi recht nett war. Vermutlich führte der Wunsch nach einer anderen Mutter auf direktem Weg in die Hölle.

Aus dieser Zeit gibt es wenig Erinnerungen. Sie genügen jedoch, um sich ein Bild zu machen. Es ist nicht schmeichelhaft. Zu Hause war ich brav und pflegeleicht. Ich war immer pünktlich um achtzehn Uhr zu Hause, ohne daß man mir etwas sagen mußte. Vor meinem Teller saß ich oft ein, zwei Stunden, denn es mußte aufgegessen werden. Ich holte immer neues Wasser, um es leichter hinunterspülen zu können. Was die Mutter kochte, war meistens sehr trocken. Vor allem die Röstkartoffeln. Dazu gab's Getreidekaffee, Muckefuck. Aus einer blau emaillierten Blechkanne und ebensolchen Tassen. Auch an diesen konnte man sich sehr leicht den Mund verbrennen. Trocken auch die Pfannkuchen aus viel Mehl und fast ohne Eier, ganz zu schweigen vom pappigen Matschreis, das war das Schlimmste. Vor den Holunderküchle, in Pfannkuchenteig getauchte Dolden von Holunderbeeren, ekelte es mich. Die Eltern trieben regelrecht kulinarische Kriegführung: Bei jedem Essen stand er auf, hinkte zu seiner Schublade und holte dort Pfeffer und Salz, um nachzuwürzen – auch eine Art von Vorwurf –, worauf sie giftig einen Vortrag hielt, daß er, weil er zu viel rauche, nichts mehr schmekke. Immerhin sprachen sie da miteinander. Dann gab es noch Buebespitzle – Teigwaren in namengebender Form. So etwas zu essen beunruhigte meine kindliche Phantasie mitunter nicht wenig.

Sehr schnell fiel ich unangenehm auf. In der ersten Klasse gab's Klassenarrest. Lehrer Baumgartner, groß und gebeugt, damit er durch die Türe paßte, schloß nach Schulschluß die Klasse ein und ging für eine Stunde. Vielleicht aus Angst, zu spät nach Hause zu kommen, vielleicht aus dunklem Trotz, kraxelte ich aus dem Fenster und flüchtete. Die Klasse hinterher. Und diesem Lehrer hatte ich Versteinerungen und Tropfsteine geschenkt, die ich von Onkel Leopold bekommen hatte. Onkel Leopold war etwas Besonderes. Seither trauerte ich meinen Versteinerungen hinterher. Nun ein wirklich unangenehmer Zug, es ist richtig peinlich, aber was soll's: Ich gab den ganzen Frust von zu Hause weiter. Ein armer Teufel von Mitschüler wurde getrietzt, mußte die Schulranzen der Clique schleppen, und ich war der Anstifter. Wahrscheinlich war ich selbst genauso verängstigt wie dieser Sklave, spielte aber den großmäuligen Rüpel, damit ich selbst und die andern meine Angst nicht entdeckten.

Die Strafe folgte: Ein Neuer, ein Bauernsohn, kam, kannte die Hackordnung nicht und verprügelte mich unvergeßlich. Doch es traf auch andere. Es gab einige sehr unbeherrschte Lehrer – die Generation, die im Krieg war: alte, überforderte Männer. Einer hieß Maifahrt. Ein Gastschüler aus Berlin nannte ihn Maikäfer. Das war zuviel. Maifahrt, völlig außer sich, zerschlug Zeigestock und Lineal auf dessen Rücken und Kopf. Es war zum Wegschauen schrecklich. Prügel zu Hause erinnere ich nur einmal. Ich hatte der Mutter groschenweise fünf Mark geklaut und eine Wasserpistole gekauft. Möglicherweise zur Selbstverteidigung im Notfall? Der Schieß-/

Spritzprügel – Phallussymbol? – wurde entdeckt, es gab ein hochnotpeinliches Verhör. Die Mutter lamentierte, einen Dieb haben wir großgezogen, und verdrosch mich mit dem Teppichklopfer.

Abends wenn ich im Bett lag, stritten sich die Eltern. Der Vater sagte etwas, wurde sogar laut. Ängstlich, aber auch mit einer seltsamen Freude, als hoffte ich auf das Hochgehen einer Bombe, spitzte ich beide Ohren. So schwach war er vielleicht doch nicht. Es ging immer um Geld oder um ihre Kochkunst. Seit dem Lazarett haßte er Kartoffeln in jeder Form. Sie lebte und kochte, als sei noch Krieg. Jammern und Putzen war ihr Lebenszweck, und darin fand sie ihre einzige Befriedigung. Vaters Befriedigung lag im Erdulden. Hierin sehe ich die Gründe dafür, daß sie auf die naheliegende Lösung einer Trennung auch später nicht kamen, als es zu Kartoffeln bereits wieder Schweinebauch gab. Sie brauchten sich, um sich gegenseitig zu befriedigen.

Meine Befriedigung fand ich beim Lesen von James Coopers «Lederstrumpf» und seinem «Letzten Mohikaner», und ich träumte mich in ein freieres Leben, jenseits der dunklen Schwarzwaldberge, hinter denen die Rocky Mountains begannen, die Freiheit grenzenlos war und die Luft reiner. Weil dem Menschen nichts anderes übrigbleibt, gewöhnt er sich an alles. Das taten auch wir, und so verliefen diese langen Jahre ohne Höhepunkte und deshalb auch ohne Tiefpunkte. Ich stöhnte allenfalls heimlich. Vor allem, wenn sie wieder einmal für Ordnung gesorgt hatte. Räumliche und moralische Ordnung war ihr wichtig. Unordentlich waren meine Sammlungen von Schneckengehäusen, Steinen, Vogelfedern und Schmetterlingspuppen. Die Verwandlung der Raupen zu Puppen und weiter zu Schmetterlingen faszinierte mich damals sehr. Diese harten, glänzenden, meist düsterdunklen, mit silbernen Tupfen oder goldenen Punkten übersäten geheimnisvollen Gebilde, die irgendwann aufrissen, worauf fertig ausgebildet, mit ornamentalem Schmuck, ein Schmetterling herausschlüpfte, ruckartig wie unter Ächzen und Stöhnen, mit zunächst noch zerknittertem Körper und Flügeln, deren Adernetz er dann pumpend mit Blut füllte, um sodann davonzutaumeln. Dieses Erlebnis ließ sie mir nur selten, immer wieder entdeckte sie meine Verstecke. Unordnung konnte sich überall verbergen, auch in meinen Tagebüchern oder in Briefen, die ich bekam, später. Deshalb war es ihre Pflicht als Mutter, das zu lesen, heimlich. Das Gefühl für Recht und Unrecht liegt oft sehr nah zusammen, und so schämte ich mich für meinen Ärger.

Immer wieder gab es Krach, denn sie kaufte dauernd neue Vorhänge. Aus den letzten nähte sie Tischdecken. Als die neuen zu Tischdecken wurden, machte sie aus denen davor, die jetzt Tischdecken waren, Sofakissen und immer so weiter. Am Schluß nur noch Putzlappen. Immer wieder, zyklisch wie die Jahreszeiten. Eine Variante dieser verschwenderischen Sparsamkeit pflegte sie beim Kochen. Donnerstags gab es Pfannkuchen, die Reste davon freitags als eine Art Schmarrn, d. h. zerrupfte Pfannkuchen mit Zucker darüber, und die Reste davon wieder samstags als Flädlesuppe. Armut war der Vorwand, um Freude zu vermeiden und um aus der verkümmerten Welt der Wünsche eine Tugend zu machen. Diese Tugend hieß Bescheidenheit. Weshalb sollte ich es besser haben? Einmal bekam ich 50 Pfennig für den Jahrmarkt und gab sie aus. Zu Hause hagelte es vorwurfsvolle Blicke. Ich hätte ihr doch, für 25 Pfennig wenigstens, etwas mitbringen können. Zum Geburtstag pflückte ich ihr einen Blumenstrauß. Was hast du eigentlich mit deinem Taschengeld gemacht?

Und wieder einmal wollten mich die Eltern weggeben. Diesmal planten sie es beide. Vielleicht weil ich doch böse war. In diesem spitzen Kinn, da wohnt der Teufel drin. Hüte dich vor dem Gezeichneten. Wo hatte sie nur all diese Sprüche her? Verdächtig, sie gingen zusammen spazieren. Der Vater mit seiner Prothese kam nicht weit, und sie mußten langsam gehen. Das Holzbein hinterließ tiefere Eindrücke auf dem feuchten Waldweg als das andere. Die tiefsten, immer etwas rechts voraus, stammten von seinem Stock. Ich trödelte in seinen Fußstapfen hinterher und versuchte zu verstehen, worüber sie sprachen. Was war da los? Das hatte es noch nie gegeben: Sie sprachen miteinander, und wir machten etwas zu dritt. Ich hätte mich eigentlich freuen können, aber irgendwie war es nicht geheuer. Dann war klar: Ich sollte nichts hören. Der Vater schickte mich weg: Pflück doch mal ein paar Blumen. Sie wollten mich loswerden. Hänsel und Gretel fielen mir ein. Was hatten sie vor mit mir? Schnell brach ich zwei, drei rote Kleeblüten ab und war schon wieder bei ihnen, nur um nichts zu versäumen, denn ich war höchst beunruhigt. Der Vater schimpfte: Du bist doch ein blöder Trottel. Der Trottel schämte sich bis in die Haarspitzen.

Bald stellte sich heraus, worüber die Eltern verhandelt hatten. Der Trottel sollte aufs Gymnasium. Der Vater war dagegen, die Mutter setzte sich durch, wie immer. Vielleicht wünschte sich der Vater, ich sollte eine Lehre machen, Geld verdienen, denn die Eltern litten an chronischem Geldmangel. Der Vater war vor dem Krieg Schlosser gewesen, nach dem Krieg kleiner Angestellter beim Staat, beim Forstamt. Kein leichtfüßiger Förster. Nur ein Beinloser hinter dem Schreibtisch.

An Weihnachten verschenkte der Förster einen Weihnachtsbaum und Wildschweinbraten mit Schrotkugeln. Die fand man beim Kauen. Der Braten war gut. Mutters Weihnachtsplätzchen weniger. Sie war eine Spezialistin darin, mit qualitativ minimalstem Aufwand ein quantitativ maximales

Ergebnis zu erzielen: Sie knetete einen hellen Teig, teilte ihn in zwei Hälften und färbte einen Teil mit Kakaopulver dunkelbraun. Das war das Ausgangsprodukt für unzählige verschieden aussehende, aber identisch schmeckende Plätzchen. Man konnte z. B. je ein dunkles und ein helles Teigwürstchen nebeneinander legen und zu einer Schnecke drehen. Oder mehrere neben- und übereinander legen, davon dann Scheiben abschneiden und hatte so kleine Schachbrettplätzchen. Sie hielten sich bis weit über Ostern hinaus.

In dieser Zeit, so mit acht, neun Jahren, tauchten Ängste auf, frühe Hinweise auf das, was später passieren sollte. Nicht einmal der Schutzengel half mir dabei, den ich über mir schweben sah, wenn ich mit furchtsam weit offenen Augen in meinem Bett lag, die Decke bis zum Hals hochgezogen. Dieser strahlende Engel mit seinen schneeweißen Flügeln, eine Hand schützend ausgestreckt. Vor dem Insbettgehen faltete ich meine Kleider säuberlich zusammen und hing sie über den Stuhl neben dem Bett. Akkurat in der Reihenfolge, in der ich sie morgens anziehen wollte. Damit ich, sollte das Haus abbrennen, schnell draußen wäre. Nix wie weg hier!

Auch hatte ich im Dunkeln Angst, die Zimmerdecke fiele auf mich herunter. Am Tag kann man ausweichen. Im Schlaf nicht. Nachts im Dunkeln ist man am wehrlosesten. Welchen Schutz bietet ein Nachthemd, wenn man einen Panzer brauchte? Das bunte Bild an der Wand, in einem schwarzen Holzrahmen, beruhigte mich nicht: Der Schutzengel in langem, weißem Kleid mit langen, blonden Haaren und Schwanenflügeln flog dicht über einem kleinen Jungen und einem kleinen Mädchen, die gerade auf einem offensichtlich schlüpfrigen Baumstamm einen reißenden Fluß überquerten, und hielt schützend seine Hand über ihren Köpfen. Irgendwie wildromantisch fand ich das Bild mit seinen hohen Farnkräutern, Fliegenpilzen und bemoosten Felsbrocken.

Auch die Eltern hatten ein buntes Bild, im Schlafzimmer: der schmale und der breite Pfad. Ersterer, sehr steil und steinig, führte zur Himmelspforte. Biblisch gekleidete Menschen in lockeren Grüppchen pilgerten auf dem Weg dorthin, traurig aussehende, verblendete Sünder auf dem bequemen, ebenen Weg, schnurstracks, ahnungslos in die Hölle. War es ihnen Schutz genug voreinander? Wenn ich schon nachts Angst hatte, wie konnten sie gemeinsam in ihrem Bett liegen? Hatten sie ein stillschweigendes Abkommen – nachts, da beide wehrlos waren und der Vater im Aufspringen behindert? Was er im Wachsein schon alles nicht konnte. Nicht um die Wette, ja nicht einmal davonlaufen, nicht hocken, ja nicht einmal demütig knien. Wie leicht konnte man ihn demütigen.

Als ich in einer Illustrierten etwas über Brustkrebs gelesen hatte, bekam ich Panik. Mutter erklärte mir, das gäbe es nur bei Frauen. Da fiel mir ein, ich hatte auch etwas gelesen über Krebs, den nur Männer bekamen. Die Vorzeichen sah man irgendwie beim Pinkeln. Von da an beobachtete ich mich genau dabei und lebte eine Zeitlang in dauernder Angst. Was ist das denn, dieser Körper? Er ist immer bei einem, nah, er entzieht sich nicht. Er ist spürbar, berührbar, manipulierbar, spendet Lust oder Schmerz, aber er ist da. Er wenigstens ist da. Und doch hat er etwas von dem Fehlenden, als dessen Ersatz er dient. Er macht angst. Auch sein Inneres ist unbekannt wie Südamerika oder Bayern. Ungezähmt Wildes, dort kann es verborgen sein, in den dunklen Höhlungen. In seinen Adern kann Gift fließen, ihn von innen zersetzen, zerfressen, so wie sich sein Besitzer, noch aktiv, für seine Gefühle einen Weg sucht, seine Nägel zerbeißt und abschält, so könnte sich der Körper selbständig machen, er wenigstens, und sich unkontrolliert einen Weg suchen, heraus aus dieser Welt, aus diesem Gefängnis. In die einzige Freiheit. Die Beruhigung der

Mutter hatte nicht geholfen. Anscheinend glaubte ich ihr doch nicht alles. Doch noch war es nicht soweit. Die Angst war nur eine Warnung.

Etwa mit zehn Jahren hatte ich ein unangenehmes Erlebnis. Ich hatte an eine Jugendzeitschrift, «Die Rasselbande», geschrieben, Antwort bekommen, und schließlich kam auch noch eine Einladung für die Schulferien. Dieser Mann schrieb, er sei verheiratet, sie hätten gerade ein Baby bekommen. Mutter brachte mich zum Zug, mit meinen geliebten Weingummis als Reiseproviant, legte mich dem Zugbegleiter ans Herz, und ich fuhr nach Hamburg. Dort, am dritten Tag, sagte dieser große, blasse, dünne Mann – er hatte ein behaartes Muttermal unter dem linken Auge – etwas von «untersuchen», schloß die Türe ab und zog die Vorhänge zu. Ich mußte mich ausziehen und auf das Bett legen. Da liegt der Kleine, steht der Große. Senkrecht – waagrecht, Augen nach unten – Blick nach oben, aktiv – passiv, Macht und Ohnmacht. Immer und überall war es dasselbe. Ich fügte mich wieder, damit die Gewalt nicht ausbrach. Dann fummelte der gerade Vater gewordene Hamburger mit knochigen Fingern an mir herum, wurde immer ungeduldiger, und sein Mund immer schmaler. Vor lauter Angst rührte sich nichts, und der Mann war enttäuscht. Nach diesen Ferien bestand ich die Aufnahmeprüfung ins Gymnasium. In dieser Zeit las ich «Horst will Förster werden» und wollte Förster werden. Wegen des Wildschweinbratens? Oder doch eine heimliche, gut versteckte Liebe zum Vater?

Mutter ging putzen bei den feinen Leuten. Die konnten sie beide nicht ausstehen, darin waren sie sich einig.

Die Mutter beneidete sie: Wie es da zugeht. Nach außen fein tun und zu Hause ein Saustall. Frau Direktor telefoniert mit ihrem Gspusi … So ging es die ganze Zeit. Seither mag ich, auch in Single-Zeiten, keine Putzfrau. Damals lief im Fernsehen ein Film, in dem Kieling einen trunksüchtigen Akademiker spielte. Da versteckte Vater seinen Neid hinter Verachtung: Und so was will ein Akademiker sein? Da wußte ich, was der Vater davon hielt, von dem, was ich werden sollte.

Da kam schon das nächste Problem auf mich zu: Ich sollte Akademiker werden, und beide mochten die nicht. Egal, wie und was ich anfing, ich konnte es nur falsch machen. In eine den Eltern und mir völlig fremde Welt sollte ich hineinwachsen, mit Oper, Theater, Kunstausstellungen und wer weiß was noch alles. Ein steiler, gefährlicher Aufstieg schien mir bevorzustehen. In der Quinta zog ich die Notbremse und blieb sitzen. Allmählich hatte ich begriffen, wie ich sie in der Hand hatte. Zwar unter Opfern, aber mit der Rettung eines Restes von Eigenwillen und Freiheit.

Es war die Zeit, in der Vater mir spanisch beibringen wollte. Er war kein guter Lehrer. Er hatte in Südamerika, wohin er mit 23 Jahren ausgewandert war, als Maschinist auf einem Frachter spanisch gelernt. Er war nervös und noch gereizter als gewöhnlich. Verstand der Sohn etwas nicht sofort, brüllte er oder sprach nicht mehr. Es war qualvoll. Vor jeder Stunde hatte ich Angst. Am Schuljahresende mußten die Eltern zum Klassenlehrer: Ihr Sohn sollte sitzenbleiben. Irgendwie kam die Spanisch-Sache heraus, und der Lehrer riet dringend davon ab. Mir war schon längst alles wurscht. Ich hielt mich spätestens von da an für einen blöden Kerl. Vater hatte einen geheimen Traum gehabt: Irgendwann würde er nach Südamerika fliehen und seinen Sohn mitnehmen. Er brauchte einen Begleiter. Vaters schillernde südamerikanische Seifenblase zerplatzte erst Jahre später. Doch das ist eine andere Geschichte. Vorerst war Südamerika gestorben.

Am schwersten hatten es die Musiklehrer. Keiner nahm sie ernst. Oft waren sie unbeherrscht. Vor allem Herr Wüst war leicht auf hundertachtzig zu bringen. Er hatte an den Wandschrank hinter der Klasse mit Kreide etwas in Steno geschrieben, erklärte den Schülern, das helfe ihm, ruhig zu bleiben. Ich schrieb es ab und zeigte es Vater. Er konnte Steno und sagte, es heißt: Bleib ruhig. – Eines Tages kam ein neuer Schüler. Ihm ging das Gerücht voraus, er sei aus der letzten Schule rausgeflogen. Es war ein großgewachsener Junge mit feinen Manieren und feinen Kleidern. Er trug immer einen dunklen Nadelstreifenanzug und hatte schön gewellte, flachsblonde Haare. Herr Wüst sagte zu ihm: Nimm die Brille ab. Er wollte ihm eine kleben. Micky Müller – seine Mutter hatte ein Eheinstitut – weigerte sich. Die Brille war kaputt. Da bat Micky Müller höflich den Herrn Wüst, ihn zum Rektor zu begleiten. Nun weigerte sich Herr Wüst. Micky packte seine Siebensachen zusammen und ging, sich höflich verabschiedend. Wie war das möglich? Weshalb hatte er keine Angst vor der Macht? Unter wessen Schutz stand er? Am nächsten Tag kam seine Mutter, eine schöne, sehr elegante Frau, zum Rektor. Herr Wüst mußte sich entschuldigen. Micky Müller stand in der Klasse in hohem Ansehen.

Dann kam die Rock-'n'-Roll-Zeit, und ich wurde, zum verständnislosen Leidwesen meiner armen, geplagten Eltern, ein Halbstarker mit hautengen Hosen, quergestreiften T-Shirts und vor allem, wie Elvis, viel Brillantine – «Brisk», aus der Tube – in den Haaren. Eines Tages erwies sich die Brillantine als Vorteil. Der übrigens ganz nette Kunstlehrer, Herr Zimmermann, packte mich bei den Haaren und ließ sofort angeekelt wieder los. Ein peinlicher Lacherfolg.

Ich hielt den Rekord an Klassenbucheinträgen und zitterte jeden Tag vor dem Klassenlehrer, Herrn Herlan. Es war jeden Tag derselbe Zirkus: Wozu willst du Abi machen? Werde doch Bäckerbursche! Zu seinen Lieblingen dagegen: Wenn du später deinen alten Lehrer siehst, am Straßenrand, und Du kommst im Mercedes, dann hältst du an und nimmst ihn mit, gell? An einem Schulsommerfest traf ich Herrn Herlan wieder, erzählte stolz vom Psychologiestudium in Berlin, und er fragte nur: Gibt's das denn noch, Psychologie?

Vater hatte einen 10-Platten-Wechsler und hörte «Das alte Haus von Rocky Docky», Peter Alexanders «Heidschi Bumbeidschi» und am liebsten ein Lied, in dem eine Frau sang: «Mein Vaterr war ein Kienstlerr, mein Vaterr warr ein großer Clown». Irgendwie traurig, das Lied. Eines Tages durfte ich mir eine Platte kaufen, die Mutter mußte mit. Bill Haleys «Rock around the Clock», auf der Rückseite: «See you later, Alligator». Negermusik! Als nächstes kam Harry Belafonte an die Reihe mit dem «Banana Boat»-Song, wieder Negermusik. Auch hier klafften Welten zwischen uns.

In dieser Zeit entdeckte die Mutter zum erstenmal einen feuchten Fleck in meinem Bett und betrachtete mich skeptisch. Hatte ich womöglich wollüstige Träume? Ich spürte, wie ich rot wurde. Noch ein Ereignis gehört in diese Zeit der Pubertät: Der Vater vermißte seinen Schraubenzieher. Das war ein interessantes Gerät, aus Messing der Griff, darin ein weiterer Schraubenzieher und in dessen Griff wieder einer und immer so weiter, wie bei diesen russischen Püppchen. Mutter betete zum heiligen Antonius, der Schraubenzieher blieb unauffindbar, der Vater beschuldigte mich der Schlamperei. Da geschah etwas Unerhörtes: Sein Sohn widersprach ihm! Zum erstenmal. Es gab Krach. Der Sohn setzte sich auf sein Fahrrad und fuhr spazieren. Die Mutter rannte aufgelöst hinterher: Um Gottes willen, tu dir nichts an, in völliger Verkennung meiner Seelenlage. Ich fühlte mich wohl, hatte ich doch zum erstenmal vor dem Vater keine Angst mehr gehabt. Hier lag der Beginn meines Mitgefühls für Vater.

Nun verliebte ich mich in ein sehr schnuckeliges Mädchen, mit fünfzehn, und sie sich in mich. Als hätte ich etwas geahnt von dem, was kommen sollte, betete ich jeden Abend, daß nichts passiere und es ewig dauere. Sie war alles, was ich nie gehabt hatte und wo ich mit meiner für mich neuen Zärtlichkeit hinkonnte. Zum erstenmal war ich glücklich. Ansonsten war es sehr harmlos wie viele erste große Lieben. Wir gingen zusammen spazieren, Hand in Hand, lagen im Schwimmbad auf einer Decke und lasen «Bravo». Ich rückte millimeterweise näher an sie heran, bis ich sie berührte. Sie rückte nicht weg. Ich spürte ihre Haut und war selig. Dann wurde es Herbst, und wie viele erste große Lieben ging auch diese auseinander, aber nicht von selbst, und das kam so: Heidi entzog sich, sagte, sie habe keine Zeit, müsse lernen. Ich versuchte noch eine Weile, mich zu verabreden, und ließ sie dann in Ruhe. Kurz zuvor hatte ich ihr noch ein silbernes Armband zum Geburtstag geschenkt. Wie naiv und vertrauensselig ich war, sieht man daran, daß ich Mutter um Rat fragte. Sie ging mit beim Einkauf. Es dauerte einen Frühling und einen Sommer. Im Herbst war diese so zärtliche Liebesgeschichte zweier Kinder zu Ende. So verstrich nun dieser Winter höchst traurig – meine kleine Ökonomie war gänzlich zerrüttet. Mutter tröstete mich.

Ein Jahr später, nach Ablauf der Trauerzeit, es war die Zeit der weißschwellenden Petticoats, lernte ich in der Tanzstunde eine neue Freundin kennen. Es war mehr eine Brüderchen-Schwesterchen-Beziehung, zwei gegen den Rest der Welt. Liebloser, aber auch schmerzloser. Eines Tages erfuhr ich von der Mutter dieser Freundin, als ich sie vor unserer Haustüre abfing, meine Mutter sei zu ihr gekommen und habe verlangt, daß sie in der Mittagspause zu meinem Vater gehe, um diesen zu bitten, die Freundschaft zu verbieten. Er sollte wieder einmal der Böse sein. Bei der ersten Freundin sei sie zu deren Eltern gegangen und habe erzählt, ihr Sohn sei pervers und aggressiv wie der Vater. Sie habe oft Angst, daß er sie umbringe. Sie sollten ihrer Tochter die Freundschaft verbieten. So war das also: Ein intrigantes Kunstwerk hatte meine erste Liebe zerstört. Wieder war das alte Unglück, offenbar zu früh und leichtfertig vergessen, hereingebrochen. Ich gehörte ihr. Auf Trennung von ihr stand Verrat, Intrigen, Strafe und Schmerz. Sie teilte mit mir Schinken, aber nicht mich mit anderen. Solche Geschichten verbreitete meine Mutter über mich. In ein und demselben Augenblick erfuhr ich, daß sie mir meine erste Liebe genommen hatte, jetzt die zweite zerstören wollte und so üble Stories über mich erzählte. Irgendwas war in mir zersprungen, ich legte einen weiteren eisernen Reifen um mein Herz. Das Bild meiner Mutter war in einer Minute ins Gegenteil umgeschlagen. Ich sollte sein wie Vater, dem sie den Tod wünschte. Ich hatte ihn für sie verraten, gehaßt, auf ihn verzichtet, Angst vor ihm gehabt. Vergeblich gewesen war das große Opfern. Alles in mir war zu Bruch gegangen. Mir ging es so schlecht wie noch nie. Ich schwankte zwischen ohnmächtiger Wut – zum erstenmal hatte ich eine bodenlose, bisher verbotene Wut auf sie – und dem Absturz in ein tiefes Loch, wenn die Schuldgefühle über die Wut zu stark wurden. Ich hatte sie idealisiert, sie gesehen, wie sie gesehen werden wollte, auch weil mit einem realistischen Bild schwerer zu leben gewesen wäre, und entsprechend gewaltig war nun die Enttäuschung. Der vor dem Absturz ins Bodenlose rettende Gedanke war: Flucht, so bald wie möglich. Was ich damals noch nicht wußte, die Absturzgefahr ist in einem, sie wartet nur auf einen Auslöser. Oder wie Jahrzehnte später meine Lehranalytikerin zu sagen pflegte: Man nimmt sich mit. Meine Mutter aber sagte, als ich sie zur Rede stellte: Das sei ihre Pflicht als Mutter. Wie undankbar ich wäre. Danach wurde ich jähzornig. Mutter heulte. Womit hab ich das verdient, das ist jetzt der Dank für alles. Und schlug die Hände über dem Kopf zusammen.

Ich war damals sehr einsam, denn auch Freunde waren nicht erwünscht. Diese Herumtreiber aus schlechten Familien. Spaziergänge allein waren erlaubt. So lief ich an Sonntagen oft ein Stück am Fluß entlang, wie früher Onkel Leopold, über die Tüllinger Höhe, durchs Käferholz. In einem Jahr gab es so viele Maikäfer, daß man dauernd auf sie trat, und es knirschte dabei. Im Röttler Schloß erkundete ich das alte Gemäuer, suchte erfolglos den unterirdischen Gang – Fluchtwegsuche? –, von dem in dem Buch «Die letzten von Rötteln» berichtet wird, und ließ meiner Phantasie freien Lauf. Außer Onkel Leopold war mir ein Lehrer dringend benötigtes männliches Vorbild. Er ging mit uns ins Landschulheim, erklärte Pflanzen, Gesteine, Landschaftsformen, war sehr gelassen und sehr gerecht. Er hatte keine Lieblinge. Alle spurten wir ohne Druck. Im Turnen machte er – in dunkelblau schillerndem Anzug, schillerndem Hemd und Schuhen mit dicken, hellen Kreppsohlen, das war damals der letzte Schrei – am Hochreck den Felgaufschwung vor.

Alle nannten ihn liebevoll Stenz wegen der supermodischen Kleidung. Er hat mich nie enttäuscht.

Dabei belassen wir es jetzt und ziehen Bilanz: Anfangs war ich ein wirklich unangenehmer Typ, der seine Ängste durch Großtuerei überspielte, Schwächere schikanierte, auf blöde Art gegen Autoritäten protestierte und dabei stets den kürzeren zog. Ganz allmählich entdeckte ich bessere Möglichkeiten, Anerkennung zu finden. Es hätte schlimmer kommen können. Später kommt es dann wirklich schlimm, und darum dreht sich diese ganze Geschichte.

Nachdem ich erfahren hatte, wie meine Mutter meine erste Liebe zerstört hatte, wußte ich, ich mußte weg. Es war nur noch eine Frage der Möglichkeiten und des richtigen Zeitpunktes. Da wurde Vater krank. Er hatte hohes Fieber, schwitzte und rief nach der Mutter. Sie rührte sich nicht. Ich sah nach ihm. Er wollte frisches Bettzeug und einen frischen Schlafanzug, denn alles war naßgeschwitzt. Die Balkontüre stand weit offen, und es war eiskalt. Ich ging zu ihr und schickte sie zu ihm. Da sagte sie: Von mir aus kann er eine Lungenentzündung bekommen und verrecken. Sie ging aber doch. Im Schlafzimmer ging die erbarmungslose Zwiesprache weiter. Jetzt bist du froh, daß ich dir den Arsch abwische, und er sagte: Lieber verreck ich. Mich grauste. Ich fragte sie, wie sie so etwas tun könne, und sie antwortete schnippisch: Das kann ich vor meinem Herrgott vertreten. Sie schien sich für unsterblich zu halten und in ewiger Kraft stehend.

Beide hatten ihren eigenen Gott. Der Vater mochte seinen Gott nicht. Er war mit zwanzig Jahren aus der Kirche ausgetreten, Kommunist geworden und erzählte voll Neid von den Pfaffen in Südamerika, die jede Menge Frauen hatten. Sie war katholisch erzogen, seinetwegen ausgetreten, dann evangelisch geworden, damit der Sohn eine religiöse Erziehung bekäme, auch hier wieder ausgetreten, hatte aber ihren eigenen Gott, und der verstand sie. Sie betete zum heiligen Antonius, wenn sie etwas nicht wiederfand, und sonst zu den armen Seelen im Fegefeuer. In der Küche hing ein Kruzifix. Bei mir selbst ging das Chaos weiter. Ich war katholisch notgetauft, evangelisch erzogen und konfirmiert und danach nicht in die Christenlehre gegangen, da ich beim FV 05 Fußball spielte, und das war immer Sonntagvormittag. Der Dekan bestellte mich ein, ich erklärte es und bekam eine Ohrfeige. Das war's. Ich bin aus der Kirche ausgetreten und dachte immer, ich hätte mit Religion nichts am Hut. Auch das war ein Irrtum. Wie gemischt, verquer, religiös ich war, ist mir erst später aufgegangen. Doch wenn es einen Schöpfer gibt, muß er groß, sehr groß sein. Wie könnte er sonst all das Elend ertragen?

Zuerst ging es weiter drunter und drüber. Die Mutter verbrühte sich den Fuß mit kochendem Wasser, und als sie ein Hausmittel anwandte, Öl darüber goß und Mehl darüber streute, entzündete sich alles und heilte ein halbes Jahr nicht. Zuerst weiße, weiche, faltige Haut und Blasen, dann rohes, rotes Fleisch und wieder Salben und Verbände, wochenlang. Jetzt war sie wehrlos und hilflos, angewiesen auf andere. Nichts fürchtete und haßte sie mehr. Meine Schwester mußte wieder einmal kommen. Sie kam nur, wenn sie gebraucht wurde, doch das ist ihre Geschichte. Die beiden mochten sich nicht. Wenn der Mutter etwas nicht paßte, sagte sie: Warte nur, bis ich tot bin … Weiter kam sie nicht. Die Schwester konterte sofort: Dann streuen wir deine Asche auf Glatteis. Wie soll man in so einer Familie was werden? Es gab sofort Streit zwischen ihr und der Mutter, dem Vater und der Mutter. Ich selbst hielt mich raus. Ich wußte auch nicht, um was es ging. Nur schrecklich war es, wochenlang Streit und unklare Verdächtigungen. Haß lag in der Luft.

Später, als ich in München studierte und meine Schwester besuchte, erzählte sie mir, die Mutter habe dem Vater und ihr Vorwürfe gemacht, sie hätten was miteinander. Sie und ihr Stiefvater. Eifersucht ohne jede Liebe, das gibt es wirklich. Andere Hilfe gab es nicht. Die Eltern hatten keine Freunde und spärlichen Kontakt nur mit einem Bruder des Vaters. Der starb später an Lungenkrebs. Obwohl er nie geraucht hatte und alle davor warnte. Onkel Ewald – die Namen aller Geschwister des Vaters, es waren sieben, begannen mit «E» – war ein netter, warmherziger, freundlicher Bär, der mir Laubsägekästen, Bauanleitungen für Pfeilbögen und Wind-

mühlen, Märklinbaukästen, kindgerechtes Werkzeug und all
so was schenkte.

Er und seine Frau, die Tante Fränzi, hatten keine Kinder,
und der Onkel hätte sicher einen Jungen gewollt. Wie ver-
kehrt es doch zugeht auf dieser Welt. Ich dachte, ich sei deren
Kind und die andern beiden hätten mich aus irgendwelchen
Gründen adoptiert. Tante Fränzi war auch nett, aber ein bißchen zwanghaft. Sie mußte immer etwas beseitigen, außen,
an anderen, Stäubchen schienen ihr bedrohlich, verschissene
Windeln hätte sie nicht ertragen. Sie zupfte immer unsicht-
bare Flusen von jedermanns Kleidung und erkundigte sich
bei jedem Besuch nach meinen Fingernägeln. Nägelknabbern
offenbarte Unordnung. Von sich hielt sie ungeordneten Wild-
wuchs fern, ihr Haar lag unter einem Haarnetz. Es fiel mir
nicht leicht, sie zu mögen. Sie war Italienerin, und deswegen
soll es bei ihnen sexuell geklappt haben. Beide lebten in einem kleinen Fachwerkhäuschen, das sie geerbt hatten, und
es war toll dort. Es gab einen Garten, in dem blühten Feigen,
und ein Jahr später trugen sie tiefviolette Früchte. Es gab
Eiertomaten, Apfelbäume und Stangenbohnen. Blumen weniger. Aber eine Vogeltränke. Onkel Ewald sah gern den Vö-
geln zu und lauschte dem Zwitschergewebe. Von innen,
durch ein grünes Fliegengitter. Nach einem sehr kalten Winter waren die Feigen erfroren. Onkel Ewald setzte neue.

Onkel Ewald sah aus wie ein gemütlicher Bär und war sehr
ruhig. Das war schön. Man brauchte keine Angst zu haben,
außer daß Tante Fränzi nach den Fingernägeln fragte. Die
beiden mochten sich und waren freundlich zueinander. Neben
dem Radio hatte er einen Gorilla aus Bronze stehen. Auch der
sah sehr gemütlich aus. Dann hatte er noch eine Eidechse aus
Bronze, grün wie eine echte. Die schenkte er mir eines Tages.
Zur Zeit steht sie auf meinem Balkon und sonnt sich.

Dann gab es noch Onkel Emil, genannt Migger. Migger

galt als geistesgestört. Ich glaube, er war nur zu friedlich für diese Welt. Jeder konnte mit ihm machen, was er wollte. Deshalb war er Mutter sympathisch. Er arbeitete bei der Bahn als Zugbegleiter. So konnte er Erika, seiner Frau, aus dem Weg gehen. Aber nicht immer. In regelmäßigen Abständen, wenn etwas besonders Schlimmes passiert war, verwirrte sich sein Geist. Dann betrat er fremde Häuser, nur weil sie seinem ähnlich sahen, und wollte sich dort ins Bett legen. Einmal wurde er von der Polizei aufgegriffen. Umhüllt mit einer braunen Wolldecke, in einem öffentlichen Brunnen stehend, auf einen langen Stab gestützt, hatte er eine Predigt gehalten. Nach den Personalien befragt, gab er an, er sei Johannes der Täufer. Von Erika weiß ich nur gerüchteweise, daß niemand sie gerne besuchte, denn sie stellte dann immer einen Salzhering als Essen hin.

Miggers Bahnfahrten schienen nicht Schutz genug vor ihr und der Welt zu sein, denn eines Tages griff er mit einer Hand ins wassergefüllte Waschbecken und mit der anderen in eine Steckdose. Ich erinnere mich noch, wie Mutter bei der Beerdigung sagte, jo da schau her, wie sie sich abmüht, die Erika, damits heulen kann.

Damals war Leopold schon über 80, aber noch rüstig. Wenn er zu Besuch kam, fuhr er immer ein Stück per Anhalter und lief dann noch fünf Kilometer am Fluß entlang, der «Wiese», «des Feldbergs Töchterlein». So nannte sie Johann Peter Hebbel, der auch von Goethe verehrt wurde. Hebbel stammte aus der Gegend. Deshalb sollte man in der Schule seine Gedichte lernen. Goethe wird uns übrigens noch begegnen, wenn wir uns bemühen werden, meinen Lehranalytiker zu verstehen, was zugegebenermaßen nicht leicht sein wird. Ihm hat Goethe den Spaß am Leben verdorben.

Zurück zur «Wiese». Als Kinder fingen wir dort mit Mutters Teesieb Elritzen, kleine Fische mit gelbgrünem Rücken, und pflegten sie zu Hause in Marmeladengläsern und Blumenvasen. Und Stichlinge, mit drei Stacheln auf der Rückenflosse, die einen roten Bauch bekommen, wenn sie hinter den Weibchen her sind oder sich über andere Männchen aufregen. Einmal setzte ich sie in Mineralwasser statt in Flußwasser. Sofort trieben sie leblos bauchoben. Wir fuhren mit aufgepumpten Autoschläuchen den Fluß hinunter wie in der Marlboro-Reklame die Crew den Grand Canyon. Es war eine schöne Zeit. Eines Abends – es war schon spät, und ich hatte es eilig, um zu Hause keinen Ärger zu bekommen –, trat ich in eine Glasscherbe. Der Fuß blutete stark. Ein Junge tröstete mich und stützte mich auf dem Nachhauseweg. Diese Fürsorge hat mich aufs tiefste bewegt. So etwas hatte ich noch nicht oft erlebt.

Onkel Leopold hatte drei Kriege erlebt: den von 1870/71, den Ersten und den Zweiten Weltkrieg. Er erzählte gerne von früher: Sie mußten täglich vierzehn Stunden arbeiten, sechs Tage in der Woche, ohne Ferien oder Feiertage, und wenn man krank war, gab es kein Geld. Er hat fünf Kinder großgezogen. Nur eines davon ist ihm mißraten. Onkel Leopold lief also den Fluß entlang in die Stadt. Unterwegs kehrte er ein. Im «Posthorn» schlotzte er ein Viertele Gutedel und sürpfelte eins auf dem Rückweg. Er erzählte, was er in der Wochenschau – Fox' stöhnende Knochenschau, so nannten wir das – gesehen hatte. Er ging gern ins Kino. Fernsehen gab es noch nicht, und das war gut so. Flugzeuge fand er ganz erstaunlich. Er war nämlich 1865 geboren. Obwohl er keine Schulbildung bekommen hatte, war er ein kluger Mann. Er war in einem Buchclub und las viel. Seine Eltern waren arme Leute gewesen, doch war er fleißig, und irgendwie kam er zu einem hübschen Häuschen, einem richtigen Hexenhäuschen. Da lebte er mit seiner Frau, und abends saßen sie im Garten vor dem Haus, auf einer weiß gestrichenen Holzbank, und hielten sich die Hand. Kletterrosen und Geißblatt dufteten. Eines Nachts, so gegen 23 Uhr, klingelte er bei uns, alle waren schon im Bett. Er war das ganze Stück gelaufen. Seine Frau war gestorben, und er weinte die ganze Nacht.

Er schrieb Gedichte. Einige wurden in der Zeitung gedruckt. Gern trug er sein Lieblingsgedicht von J. P. Hebbel vor: «Die Vergänglichkeit». Unangenehm war nur, wenn Leopold Suppe aß. Die Suppe hing dann in seinem prächtigen Kaiser-Wilhelm-Schnauzbart, und das war unschön. Vor allem diese Sternchen- und Buchstabensuppen, mit denen man auf dem Tellerrand Scrabble spielen konnte. Doch dafür erntete man Mutters mißbilligende Blicke: Mit Essen spielt man nicht. Sein Äußeres war vertrauenerweckend und entsprach ihm. Immer in einem schwarzen, schon etwas speckigen, aber ordentlichen und sauberen Anzug, an den Knien leicht verbeult, darunter eine Weste, an einem Knopfloch eine schwere Uhrkette, in einem weißen Hemd mit hohem Bündchen. Seine auf Haltbarkeit angelegten Stiefel glänzten frisch gewienert. Bei Regenwetter trug er altmodische Galoschen. Hinter seiner runden Stahlbrille funkelten verknitzte Augen hervor, die beim Lachen in seinen rotgeäderten Backen versanken, und sein Schnauzbart bebte. Er war dankbar für Kleinigkeiten, einen Gruß, ein Lächeln, ein Geplauder. Er war bodenständig, festverwurzelt, interessierte sich dennoch für Neues, lobte den Fortschritt und besaß die Weisheit des Mondes. Alles nahm er, wie es kam, alles war ihm eins. Er konnte lachen und weinen. Er nimmt mich ab und zu bei der Hand und zeigt mir das Paradies in meinen Träumen.

Das Häuschen war in der Nähe einer Tongrube. Von ihr führte eine kleine Güterseilbahn über Leopolds Garten hinweg ins Städtchen. Ab und zu fiel ein Plotzer Lehm herunter in den Garten. In der Lehmgrube fand man Haifischzähne und kleine Fischwirbel. Einst, vor Urzeiten, hatte sich hier ein

Ozean erstreckt, und in dessen Schlamm fand eines Tages Fips seinen Tod. Fips war Onkel Leopolds Hund. Ein nicht sehr hübscher, aber sehr lieber Mischling. Es hatte wochenlang geregnet. Der Ton war seifig und grundlos. Fips war seit zwei Tagen verschollen. Wir gingen ihn suchen und fanden ihn, bis zum Kopf eingesunken in der zähen Masse, gestorben an Erschöpfung.

In Leopolds wunderschönem Bauerngarten wuchsen Tränende Herzen, rote und weiße, pinkfarbener Phlox, eine Sturmflut von Rittersporn und Eisenhut, purpurne Löwenmäulchen und Goldlack, und im Herbst war es ein buntes, wogendes Meer von Astern und Dahlien. Man konnte mit der Nase darin versinken. Im Sommer blühten rotbraunes Helenium, braungelbe Rudbeckien und reiften Himbeeren und Johannisbeeren. Vor allem die schwarzen, die schmeckten am besten. Am Zaun wuchsen Bohnen und Wicken, und Kapuzinerkresse loderte auf dem schwarzen Berg des Komposthaufens. Alles ein bißchen verwildert. Als Onkel Leopold fünfundachtzig war, ging er zum Arzt. Der verbot ihm sein Viertele, die Stumpen und Brisagos. Onkel Leopold wurde depressiv. Nach vier Wochen rauchte und trank er wieder, und es ging ihm besser und besser. Das schrieb er in sein Tagebuch.

Zehn Jahre später starb er ruhig und zufrieden. Das ist eine große Kunst. Ja, auf seine Art war er ein Künstler. Er hat mich nie enttäuscht.

Jetzt habe ich doch den Faden verloren vor lauter Onkel Leopold. Wo war ich stehengeblieben, und wie geht es weiter mit dem Jungen, der flügge werden will und noch nicht weiß, wie? Noch lange nicht, und bis dahin wird noch viel Wasser den Rhein hinunterfließen.

Ach ja, ich wollte weg von zu Hause. Ich versagte in der Unterprima völlig, hatte ein verheerendes Halbjahreszeugnis und damit allen Grund, die Schule zu verlassen. Die Mutter jammerte. Dafür hatte sie sich nun ein Leben lang – wie Steinböcke eben zu tun pflegen – abgerackert, und das war jetzt der Dank dafür. Ihr Luftschloß war eingestürzt: Der Sohn hätte bescheiden zu den beneideten, feinen Leuten gehören sollen, sie wollte in einem großen Haus wohnen, Pelzmäntel tragen, mit dem Auto ausgefahren werden. Der Vater schwieg. Er hatte es ja gleich gedacht. Oder vermutete er noch Schlimmeres? Jedenfalls fand ich in einer von Vaters Schubladen, unter einem Stapel Papiere – wie peinlich, gerade bemerke ich, daß ich schnüffelte, andrerseits, was soll man machen, wenn einer nie spricht –, den Durchschlag eines Briefes an den Schulrektor, mit der Bitte um Auskunft.

Da nun alles verloren war, konnte ich ebensogut gehen und einen neuen Anfang machen. Ich verließ also die Schule, jobbte hier und da, vor allem auf dem Bau, um Geld zu verdienen für Berlin. Auch die Bauarbeiter hatten etwas gegen Akademiker, bei ihnen fing es schon bei Gymnasiasten an. Mutter hatte mir noch eine Stelle zur Ausbildung zum Journalisten besorgt. Ich lehnte ab. In Berlin wollte ich Abitur nachholen und studieren. Ich hatte zum erstenmal eigene Pläne und ein klares Ziel vor Augen – vage noch, aber mit Hoffnungen, etwas zu lernen, und ungestillten Wünschen nach Leben.

Zunächst sorgte das Schicksal in Gestalt eines betrunkenen Isetta-Fahrers noch für einen Aufschub. Ich hatte eine gebrauchte Vespa gekauft und sie blauweiß gespritzt. Eines Freitagabends so gegen 22 Uhr – es war ein schöner Sommertag gewesen, und ich war, von einer Freundin kommend, auf dem Nachhauseweg – fuhr dieser Isetta-Fahrer in mich hinein. Irgendwann kam ich zu mir. Ich fand mich am Straßenrand wieder, alles war voll Blut. Eine Menge Leute standen um mich herum. Ich hörte eine Frau sagen, mein Gott, sein Auge läuft ja aus. Ich begann zu zittern wie Espenlaub und wollte nach Hause. Im Krankenhaus wurde ich wieder hergerichtet. Ich bekam einen Kopfverband, Augen, Nase, Mund guckten aber noch hervor.

Irgendwann kam Mutter. Ich hatte gerade Besuch von zwei Freunden aus der alten Klasse. Sie jammerte wenig einfühlsam: Mein Gott, wer soll das bezahlen? und wie der Vater geschimpft haben soll. Sorgen hatte ich ihr also gemacht. Ich war sauer und schickte sie nach Hause. Wieder raus aus dem Krankenhaus, ging ich mit einem Koffer zum Bahnhof, am Kreiswehrersatzamt vorbei. Mutter verfolgte mich, einen Rasierpinsel, von dem sie meinte, daß ich ihn vergessen hatte, in der Hand. Das war aber der des Vaters.

In Berlin wohnte ich zuerst am Nollendorfplatz. Das Haus stank nach gekochter Lunge, Futter für die vier fetten Angorakater des Vermieters. Das Klopapier wurde aus Zeitungen ausgeschnitten und hing an einem Nagel. Aus dem Fenster im sechsten Stock sah man in einen toten Hinterhof. Ich zog schnell nach Schlachtensee. Dort war es schöner, und ich wohnte mit einigen anderen in einem alten Haus mit Garten, weißen Holzbänken und duftenden Jasminbüschen. Wir hörten Beatles-Platten, man schrieb das Jahr 1964, aßen am Kiosk Currywürste, tranken am Wannsee Weiße mit Schuß, grün oder rot, Waldmeister oder Himbeer und hatten zwei Katzen, d. h., eines war ein Kater.

Er war uns zugelaufen, eine Frühwaise mit allen Zeichen der psychischen Störung, die auch die Harlowschen Affen zeigten, und hatte sexuelle Probleme. Als ihn das pfiffige und geschmeidige Kätzchen, jungfräulich noch und kaum rollig geworden, anmachte, stand er dumm da, hilflos vor so viel Leidenschaft, und spielte den Gelangweilten. Wußte nichts mit ihr anzufangen. Guckte nur und ging. Sie war fit und suchte sich einen Reiferen.

Er kletterte dauernd hinter Eichhörnchen her, bekam sie nie, kletterte immer höher. Es waren Kiefern, die ersten Äste in zwanzig Metern Höhe, und da saß er dann. Nach Tagen bekam er Hunger, jammerte gräßlich, blieb aber oben. Er saß es aus. Wie man's halt macht, wenn einem nichts einfällt. Wir holten die Feuerwehr. Die kam, für ein paar Päckchen Overstolz und Gold-Dollar, so war das noch damals, fuhren die Drehleiter aus, einer stieg mit dem Schlauch rauf. Der Kater guckte interessiert, rührte sich aber nicht. Eine Menschenmenge hatte sich inzwischen angesammelt. Er war im Mittelpunkt. Da er wasserscheu war, sprang er, als ihn die ersten Tropfen trafen, und raste in die Küche, fraß einen Teller Kartoffelschalen, so ausgehungert war er. Nach einer Woche war er wieder hinter einem Eichhörnchen her. Es war ein heißer Sommer, und nach zehn Tagen heulte er noch gräßlicher. Vor allem nachts war das ausgesprochen lästig. Wir wagten nicht, schon wieder die Feuerwehr zu holen. Schließlich taten wir es doch. Alles ging von vorne los. Eine Zuschauerin, eine feine Dame mit milkafarbenem Schleierhütchen, Schühchen, Täschchen und spitzem Mündchen, fragte nach des Katers Rasse und wunderte sich über den Aufwand. Als der Kater auch nur den Schlauch sah, sprang er, mutig oder ängstlich. Diesmal dauerte es zehn Tage, bis er wieder auf seinem Stammplatz saß, vierzehn Tage lang. Nun besorgte ich Steigeisen beim Elektriker am S-Bahnhof Schlachtensee, kletterte hoch, wollte den Kater fassen, der kratzte, wurde schließlich doch ergriffen, fallen gelassen und landete nach zwanzig Metern freiem Fall kopfschüttelnd. Die nächsten Male zog ich vorsichtshalber Handschuhe an. Ansonsten arbeitete ich tagsüber bei Siemens als Arbeiter und besuchte das Abendgymnasium.

Ich hatte mich mit Theo, genannt Deo, angefreundet. Deo hatte sich zum Künstler ernannt. Er malte schöne nackte Frauen, auf seinem roten Plüschsofa liegend, an die Stelle der Schamhaare klebte er Glasscherben. Er hatte Angst vor Frauen. Die Bilder hingen an der Decke. Die meiste Zeit lag er auf seinem roten Plüschsofa, trank Wodka, aß dazu Perlzwiebeln und sah sich die Bilder an der Decke an. Ohne Angst. Wenn es spät wurde, beruhigte er sich durch philosophische Spekulationen über die Welt als Stäubchen im unendlichen Weltall. Da hat nichts mehr wirklich Bedeutung. Andererseits wollte er nach dem Abitur Biologie studieren, um die Menschheit vor dem drohenden Hungertod zu retten. Er hatte einen Plan: Eine Meeresschnecke, Viviparus viviparus, die Lebendgebärende, wollte er in Metergröße züchten. Die noch übrige Zeit, vor allem die Wochenenden, verbrachte er vor seinem Spiegel, nackt, war wohl in sich selbst verliebt und bewunderte, am liebsten vor Zuschauern, seinen Körper – ich fand ihn übrigens viel zu dünn – und lamentierte über die Blinddarmnarbe, die das griechische Ebenmaß störe. Er war zudem Literaturfan, las althochdeutsche Epen, hatte auch selbst eines gedichtet und konnte den Ossian auswendig. Es war klar, in Deutsch käme nur eine Eins in Frage. Doch als es dann soweit war, bekam er eine Sechs. Er hatte das Thema «Berliner Mauer» genommen. Eigentlich konnte da nichts schiefgehen, wenn man schrieb, was man sollte. Er aber beschrieb auf zehn Seiten den Nutzen der Mauer, für hüben und drüben. Die drüben bewahrte sie vor dem Kapitalismus und uns hüben vor der Armut; warum also solle sie weg, so etwa. Ich glaube, er wollte im Grunde seines Herzens durchfallen. Nachdem er auch noch in Mathe ein nahezu leeres Blatt abgegeben hatte, verschwand er noch am selben Tag in den Westen. So gibt es bis heute keine metergroßen lebendgebärenden Meeresschnecken.

Fern der Heimat lief es gut: Nach einem Jahr hatte ich meine zwei fehlenden Klassen nachgeholt, bestand das Abitur und begann an der TU mit dem Psychologiestudium. In gewissen

Biographien findet man so Unglaubliches wie elterliche Bibliotheken, der Raum getränkt mit dem Duft von altem Leder und Gespräche, auch mit dem Kind, über die geheimnisvolle Bedeutung der Wörter. Berlin wurde mein kulturelles Schlaraffenland. Ich stillte meine Gier nach Museen, Ausstellungen, Vorträgen und Theater und trauerte über den nie mehr aufzuholenden Vorsprung der Glücklicheren, die all das mit der Muttermilch in sich aufgenommen hatten.

Kurz nach Kennedys Berlin-Besuch ging meine Berlin-Zeit zu Ende. Auch der Kater flog mit der Lufthansa zu den Eltern. Der Vater und der Kater schlossen dicke Freundschaft, die Mutter mochte ihn auch. Jetzt wurde er verwöhnt. Er bekam in Butter gebratene Nierchen und fraß keine Kartoffelschalen mehr. Ach ja, er hieß Eddie. Als der Vater gestorben war, aß Eddie wieder vierzehn Tage nichts. Diesmal aus andern Gründen. Er war traurig.

Ab Berlin war es aufwärts gegangen. Ich entwickelte Interessen. Musik, Theater, Literatur und all so was. Theater, Konzerte, sogar Essengehen wurden zum Problem. Ich kam mir wieder dumm vor und schämte mich. Ich meinte, ich hätte keine Ahnung, wie man esse. Das galt vor allem für Hummer, aber den muß man ja nicht bestellen. Ich kam mir vor wie ein Außerirdischer. Der Sohn einer Putzfrau in einer fremden Welt. Keine Tischsitten trotz Mutters «Einmaleins des guten Tons». Eine Freundin lud mich zum Essen ein. Ich zierte mich schrecklich. Sie war eine von diesen liebevollen Frauen, die wissen, was sie wollen. Sie blieb ruhig, und wir gingen essen. Alles ging gut. So lernte ich und kam mir immer weniger wie Kaspar Hauser vor.

Auf Besuch zu Hause sprach ich mit Vater und er mit mir. Ich erzählte von meinen neuen Interessen. Der Vater hörte interessiert-verständnislos zu und war abgesehen davon – von was? wie ich ihn früher gesehen hatte? – ein ganz kluger

Kopf, erzählte auch von sich, von Südamerika. Jedoch nie von seinen Gefühlen. Es war sinnlos, ihn danach zu fragen. Mit ihm war es wie bei einem nicht unsympathischen, doch fernstehenden Bekannten. Dennoch war ich sehr froh, denn so konnte ich anfangen, mich mit ihm auszusöhnen. Das war gut so, denn er sollte nur noch zwei Jahre leben. Er war kaum jemals krank gewesen, und nun blieb sein Herz einfach stehen. Dieses Herz, das unermüdlich Blut gepumpt hatte, bis an die Sackgasse seines Holzbeins, wo es stockte, Umwege und Rückwege gehen mußte, vorbei an nicht erlebter Wut und Trauer, es blieb einfach stehen. Bei meinem letzten Besuch war er noch dagewesen, auf seinem Stuhl wie immer; jetzt war er gegangen, ohne sich zu verabschieden, wie immer. Jetzt war er wächsern, stumm und starr. Der Unterschied war nicht so groß. Und doch fehlte das Stirnrunzeln, das Herabziehen des rechten Mundwinkels. Da lag er und konnte nicht mehr weg. Ich stand bei ihm und konnte ihn endlich in Ruhe betrachten. Dann, nach langer Zeit, konnte ich endlich gehen.

Als der Vater starb, hatten auch sie sich versöhnt, behauptete die Mutter. Sie soll zu ihm gesagt haben: Ich war dir keine gute Frau, und er hauchte mit letzter Kraft: Ist schon gut. Ich hoffe es für die beiden. Der Vater hatte Glück, daß er starb. Wegen der Amputation hatte er immer einen schlechten Blutkreislauf gehabt. In der Folge davon sollte ihm auch noch das letzte Bein abgenommen werden.

Mutter will ihn gepflegt haben, was ihn so sehr erstaunte, daß er fragte: Warum tust du das? Und sie: Du bist doch mein Mann. Da soll er gesagt haben, das sei die erste Liebeserklärung, die er in seinem Leben bekommen habe. Nach seinem Tod lebte sie auf. Es war unglaublich. Siebzig lange Jahre war sie festgesessen wie eine Koralle im selbstgebauten Kalkstock. Nun löste sie sich, schwebte, taumelte und tanzte. Nun hatte sie das Ersehnte von vierzig Jahren, ihr Überleben, ihren Triumph, Balsam auf alle alten Wunden und keinen Arsch mehr zum Abwischen. Sie war Siegerin über ihren Mann, das Gute über das Böse, das Leben über den Tod. Keine Sorgen mehr. All das machte sie stark. Sie versuchte das Leben. Sie ließ sich von zweibeinigen, jüngeren Männern im Kreis drehen und tobte im Tanz. Nach seinem Tod erblühte sie. Sie kaufte sich hübsche Kleider, Schuhe und Kosmetik, knüpfte Kontakte an und besuchte einen Tanzkurs. Mit zweiundsiebzig! Sie ging zu Bällen, stand im Mittelpunkt, wurde als die älteste Teilnehmerin vorgestellt und sonnte sich darin.

Die frühere Mutter war ein gigantischer Betrug gewesen. Sie hatte irgendwann gesagt, sie überlebe alle. Unerfüllte Ansprüche, Sehnsüchte und ein Karteikasten mit offenen Rechnungen gaben ihr das Recht und die Kraft dazu. Und das falsche Gefühl, das alles geht erst, wenn alle weg sind. Ihre Behinderungen suchte und fand sie immer außen. Doch dann kamen die Sorgen wieder, und sie mußte erkennen, der Mann hatte ihr als Vorwand gedient. Lebendigkeit zog sie nur aus dem Triumph über ihn, und der ließ nach. Das Böse fand sie nun in der Altensiedlung. Wieder spann sie sich eine Welt zurecht, die sie unterdrückte und ausbeutete. Sie galt als aufopfernd und bescheiden. Bei ihren sieben Geschwistern und ihrem Mann war ihr das Überleben gelungen. Ich hatte mir geschworen, auch zu überleben. Das war bisher schon schwierig genug gewesen. Im verborgenen hätschelte jeder heimlich seine Reste von Lebendigkeit und lernte warten, denn wer übrigbleibt, darf leben, vielleicht sogar lieben. So verkümmert der Körper zum Steinbruch, der Garten zur stillgelegten Kiesgrube, die Haut wird zum Schuppenpanzer, sehnsüchtig erschauernd unter der Berührung des Windes, des Regens, die Hände graben im Lehm, spüren sich noch.

Es gab auch gefährliche Übungen im Überleben. Bei einer meiner Wanderungen geriet ich, etwa vierzehnjährig, auf freiem Feld in ein Gewitter. Die Blitze zogen mich an, ich suchte sie, als wollte ich ein Gottesurteil. Blitze sind eine Botschaft der Götter. Die Etrusker lasen in ihnen die Zukunft. Ich stand eine kleine Ewigkeit, hell erleuchtet, auf einer kleinen Brücke über einem Bach. Die Götter hatten es nicht auf mich abgesehen. Lange Zeit danach noch fühlte ich mich ruhiger und sicherer.

Einmal hatte ich schon früher Zweifel gehabt, ob mein Bild von Vater richtig war. Ich fuhr in der Straßenbahn in die Stadt. Es waren kleine, grünlackierte Wagen mit Holzbänken, lange her, dreißig Jahre. Ich stand hinten, Vater stieg – Gott sei Dank! – vorne ein. Ich beobachtete ihn, fasziniert und empört. Dieser Vater war gierig nach Menschen, sprach mit ihnen und lachte. Lachte! Konnte das mein Vater sein? Es war einfach unglaublich. Ich kannte diesen Vater nicht.

In seiner ungestillten Sehnsucht nach Lust und Liebe zeichnete er aus Kunstbüchern nackte Frauen ab, sein Fernweh stillte er mit Landkarten. Er war nicht lebendig tot und versteinert. War er im Übermaß geduldig? Stoisch? Hatte das Überleben seiner körperlichen und seelischen Katastrophe, der Verlust seines Beines, ihn abgeklärt? Trauerte er um sein nicht gelebtes Leben ohne Liebe und trug es mit stummem Gleichmut? War dieser Vater ein noch ungelöstes Rätsel? In seinem Nicht-Sein war er großartig. Den Zweifel wischte ich weg und hielt ihn für einen Heuchler, der den Leuten etwas vorspielte. Schlimmer wäre gewesen, ich hätte annehmen müssen, der Vater hätte mir all die Jahre das Ersehnte ferngehalten: ein Lächeln, ein freundliches Wort.

So seltsam geht es in der Seele zu. Aber interessant ist das doch, oder? Deshalb bin ich wohl Psychoanalytiker geworden. Und natürlich auch, um durch eine eigene Analyse heil zu werden, all den angesammelten Schrott und Müll auszusortieren und was aus mir zu machen.

Ich studierte also Psychologie in Berlin, das hatten wir schon, in München und anderswo. Mutter schickte Freßpakete mit steinharter Linzertorte, dachte, ich verhungere.

Das Studium verlief problemlos. In einem Intelligenztest erfuhr ich, daß ich intelligent war, und begann, es zu glauben. Während eines Praktikums beim Arbeitsamt – Berufsberatung – lernte ich sie kennen. Sie stand gerade vor dem Abi. Jung, schön und klug. Und damals schon am Emanzipieren. Wir verknallten uns blitzartig über alle Ohren, verloren uns dann ein bißchen aus den Augen, sie studierte anderswo. Es gab so ein Hin und Her, Abschiede auf dem Bahnhof, bittersüß, und Wiedersehen auf dem Bahnhof, nur süß. Dazwischen unzählige Liebesbriefe.

Jetzt fing ich diese psychoanalytische Ausbildung an. Sie studierte endlich in derselben Stadt, auch Psychologie. Ein Band für die Ewigkeit sollte geschlungen werden. Wir feierten Hochzeit. Mutter bestrafte mich mit dem Geschenk eines Heftes mit fein säuberlich eingetragenen Kolonnen aller Ausgaben einschließlich aller Geschenke seit Anbeginn der Zeiten. War diese Hochzeit nun der Dank für all das?

Wir wünschten uns eine Tochter und machten uns eine. In der Zeit der Schwangerschaft lernten wir einen merkwürdigen Menschen kennen: Holzfäller, Sohn eines Professors. Groß, hager, schwarze Kleidung, pechschwarze Haare mit dreieckig-spitzem Haaransatz, große Hakennase. Er ähnelte einem Totengräber. Er sprach uns auf der Straße an, erzählte allerlei Interessantes, z. B. wußte er alles über die Glocken des Münsters, über Mineralien und Vögel. Er hatte etwas Bedrängendes, deshalb kam es zu einer weiteren Verabredung.

Zur nächsten brachte er Fotos mit von schwangeren Frauen, schien von diesem Phänomen fasziniert zu sein. Dann zeigte er Farbfotos von Organen, die er folgendermaßen präpariert hatte: Er spritzte in die Adern eine gefärbte Kunststoffmasse, ließ diese erhärten und löste dann mit irgendeiner Säure das gesamte Gewebe weg. So erhielt er ein rotes oder blaues Adergeflecht, genau in der Form von Nieren, Leber, Lunge usw. Als er dann Fotos von derart präparierten Gebärmüttern und Föten zeigte, entstellte Faszination für werdendes Leben, wurde es unheimlich. Als er fragte, ob er von der Schwangeren Aktfotos machen dürfe, standen wir auf und gingen. Seltsam verschlungen sind die Wege, auf denen sich unterdrücktes Leben einen Weg sucht, verwirrend verästelt wie dieses ehemals lebendige, von Blut und Säften durchpulste, jetzt erstarrte Aderngeflecht. Was faszinierte ihn so sehr, daß er die Teile des Körpers freilegen mußte, ihnen Dauer verleihen wollte und das werdende Leben auf Zelluloid bannen, mit dem einzigen Ziel, das alles vor dem Vergehen zu bewahren? Was hatte dieser Mann erlebt, und was hatte er verloren?

Irgendwann war es endlich soweit: Um 19 Uhr ging es los. Wir wollten gerade ins Kino, einen Charlie-Chaplin-Film angucken. Statt dessen fuhren wir in die Klinik. Mich schickte man wieder nach Hause. Ich würde rechtzeitig angerufen. Sie mußte Treppen steigen, um die Wehen zu fördern. Ich schaute Kulenkampf und alles andere, was gerade kam, im Fernsehen. Als nichts mehr kam – das gab es damals noch –, telefonierte ich wild mit Freunden herum. Um Mitternacht fuhr ich ins Krankenhaus. Dann gab es noch eine Stunde Schwerstarbeit für die junge Mutter. Von der Anstrengung des Pressens war ihr Kopf dunkelrot, dick hervortretende Adern liefen über Stirn und Hals. Kleine Schweißperlen zitterten auf der Haut. Ich durfte ihr den Kopf halten. Dann war es da. Feuchtglänzend und strampelnd.

Es war das schönste Kind der Welt. Ganz zweifellos. Eine Sekunde nach der Geburt war es hellwach. Es war unglaublich. Es schaute einen wirklich wach an, liebevoll prüfend und dann, die Augen auf unendlich eingestellt, einfach durch einen hindurch, in Fernen jenseits der Milchstraße und weit in die Zukunft. Wir hatten darauf zu achten, diesem Kind zur Entfaltung zu verhelfen, es zu lieben und zu achten. Bevor es von seiner ersten Anstrengung ermüdet einschlief, bat es darum. Dieses Kind hatte große blaue Augen und einen blonden Lockenkopf. Sofort.

Jedoch Vater und Mutter zu sein und nicht mehr nur Geliebte und Geliebter ist eine schwierige Sache. Wer's nicht kennt, glaubt es nicht. Man ist jetzt selbst das, was man früher nicht so mochte: Eltern. Wir waren voll beschäftigt, paritätisch mit Hausarbeit und Kind versorgt. Dazu ich mit Arbeit und Ausbildung, sie mit Studium und Führerschein.

Babys sind so klein. Ihr Kopf ist kleiner als die Mutterbrust. Babys saugen an der Mutterbrust, das ist etwas so Schönes, ich konnte mich nicht satt sehen daran. Manche Babys schlafen viel, und dann können sich die Eltern erholen. Oder sich lieben. Diese Tochter war nur wach und meistens gut drauf. So mit zwei Jahren wachte die Kleine jeden Morgen pünktlich um sechs Uhr auf, verlangte eine Essiggurke und ein Stück Fleischwurst, aß alles mit Genuß, betrachtete dabei selig ihr Mobile und schlief wieder ein. Die Eltern blieben gleich auf. Diese Tochter lernte «Papa» und «Mama» sagen, bald aber nannte sie sie bei den Vornamen. Wenn sie eine Banane wollte, sagte sie Bam und bekam die Banane. Sie sagte zu allem Eßbaren ab da Bam, auch wenn sie bei der Nachbarin Himbeeren wollte.

Sie lernte laufen, früh wie alle Mädchen. Die sind ja in allem früher dran. Von da an wurde es leichter. Die Tochter war viel unterwegs in der Nachbarschaft oder machte lange

Spaziergänge mit der Babysitterin Sigrun. Sie kam aus einer zahlreichen Bauernfamilie und machte einen glücklichen Eindruck. Beide liebten sich über alles. Mit drei kam die Tochter in den Kindergarten, da war sie grad die Windeln los. Von da an betrachtete sie interessiert den Inhalt der Kloschüssel und interpretierte ihr Produkt. Sie sah Hirsche, Elefanten und all so was. Anale Phase! Sie war sehr kreativ. Ganze Rollen von Alufolie wickelte sie um sich und spielte Raumschiff Enterprise oder verschwand mit ihren Bilderbüchern im Wäschekorb. Bilderbücher waren ihre Leidenschaft. Bald konnte sie die Unterschriften auswendig und deklamierte: Dieses ist kein fetter Happen, jetzt werde ich mir die Großmutter schnappen. Sekundenbruchteile später biß sie ihre Freundin Angi in den Hintern. Die schnappte daraufhin über und heulte: Jetzt geh ich aber.

Zu Hause gab es Machtkämpfe, schon frühmorgens. Die Tochter bestand darauf, einen roten und grünen oder aber einen gelben und blauen Socken anzuziehen. Immer Komplementärfarben, und sie setzte sich durch. Mit drei Jahren! Im Kindergarten lernt man viel Nützliches und manches Fragwürdige. Das zumeist von andern Kindern. So kam sie eines Tages nach Hause und sagte ein Gedicht auf: Lieber Gott im Himmel, schenk mir 'nen neuen Pimmel, meiner, der ist abgeknickt, hat zu viel gefickt. Gegen Ende der Kindergartenzeit, so mit fünf, fiel sie dort unangenehm auf, weil sie vehement predigte, es gebe keinen Gott. Weniger schön war, daß sie sich weigerte, die leeren Flaschen in den Edeka zu bringen. Immerhin schien der Wunsch der Eltern, doch auch mal ein Frühstück gerichtet zu bekommen, wenigstens sonntags, in Erfüllung zu gehen. Auf dem Tisch stand für jeden eine geöffnete Büchse Kitekat. Alle Leute blieben stehen, so hübsch war sie, und zu jedem war sie freundlich.

Dann geschahen ein paar furchtbare Dinge. Sigrun hatte

sich mit ausgebreiteten Armen vor einen Zug gestellt. Zu identifizieren war sie nur durch ihren Ehering. Wir zögerten wochenlang, es unserer Tochter zu sagen. Dann ging es nicht mehr anders. Sie schluchzte herzzerreißend eine halbe Stunde lang. Dann bekam sie eine ungeheuere Wut. Wie konnte sie das der Malina antun? Malina war Sigruns zweijährige Tochter.

Eines Tages, an einem Samstag, besuchte ich meine Eltern. Mutter öffnete mir wie immer, ich ging wie immer zuerst ins Wohnzimmer, um Vater zu begrüßen, der dort immer am Tisch saß, Kreuzworträtsel löste und Radio hörte. Das magische Auge dieses altmodischen Kastens, geisterhaft grün leuchtend im Dunkeln, vibrierend je nach Sendereinstellung, hatte mich als Kind oft fasziniert. Stundenlang saß er abends im dunklen Zimmer vor dem beleuchteten Aquarium und beobachtete seine Schwertfische, Skalare und Neonfische. Er mochte sie. Vielleicht, weil sie auch stumm waren. Ich hätte gerne einen lebendigeren Vater gehabt. Vater war nicht da. Ich fragte: Wo ist Vater? Und sie sagte: Er ist am Mittwoch gestorben – so als sei er Mittwoch für ein paar Tage weggefahren und käme gleich zur Türe herein. Weshalb hast du mich denn nicht angerufen? Sie sagte: Wozu denn?

Ich wollte meinen Vater noch einmal sehen. Sie bestand darauf, mit mir zu gehen, zum Friedhof, zur Einsegnungshalle. Da lag mein Vater, im offenen Sarg, mit einem nachsichtig herablassenden Gesichtsausdruck, hinter einer Glasscheibe. Ich schaute meinen Vater an, schaute und schaute und konnte nicht mehr aufhören, ihn anzuschauen. Ich hatte eine solche Sehnsucht nach meinem Vater, der nie etwas mit mir gemacht hatte und der mit mir kaum jemals gesprochen hatte und von dem ich kaum wußte, was in ihm vorging. In dieser Sehnsucht fühlte ich mich sehr lebendig. Er lag da, ich konnte gehen. Einmal nur hatte ich meinen Vater weinen sehen. Er war in der Mittagspause nach Hause gekommen, saß am Tisch beim Essen und öffnete einen Luftpostbrief aus Bolivien. Sein Bruder war gestorben, und Vaters Träume von einem freieren und schöneren Leben waren endgültig mitgestorben. Das war wirklich ein Grund zum Weinen.

Ich hatte verstanden, daß es noch einen anderen Vater geben mußte, nur wußte ich nicht, wie ich ihn erreichen konnte. Ich hätte ihn nicht unbedingt gewollt und gebraucht als einen gebildeten, fröhlichen und warmherzigen Vater. Ich hätte ihn mir nur gewünscht als einen, der mir erzählt, was ihn am Leben und am Humpeln hält, welche kleinen Freuden oder welcher große Haß, und ich wüßte gerne, wer erzieht mich da durch Nichtsprechen, Nichtberühren, Nichtsstrafen, und was bin ich für ihn, heimlich.

Da stand ich nun, zwischen mir und ihm eine Glasscheibe, wie es immer gewesen war. Noch nie war er mir so nah. Mir war, als würde er mich zum ersten und letzten Male festhalten, so wie ich ihn festhielt mit meinen Augen. Mutter zog an meinem Ärmel, immer drängender. Ich sagte: Du kannst ja schon mal vorausgehen, aber sie zog mich weg von Vater, so wie es immer gewesen war. Sie ertrug nicht einmal die Liebe zu einem Toten. Die Waagschale der Gerechtigkeit hatte sich zu ihren Gunsten gehoben. Das Schicksal hatte ihn gewogen und für zu leicht befunden. Ihre Ohnmacht und Hilflosigkeit wurde federleicht angesichts ihres toten Mannes.

Einiges habe ich gerettet, was er aus Südamerika mitgebracht hatte. Ein Fotoalbum. Da sieht man Vater, mit oder ohne seinen Bruder, aber immer mit exotischen, großäugigen Schönheiten im Charleston-Look, vor künstlichen Palmenlandschaften eines Fotostudios. Oder auf einem Maultier reitend in einer echten Kakteenlandschaft. Als ich bei meinem nächsten Besuch zu Hause sein Tagebuch und das Manuskript seiner Reiseschilderung, einen dicken Stapel vergilbter, blauer Schulhefte, mitnehmen wollte, hatte Mutter alles schon in den Müll geworfen.

Als ich vor kurzem zu meiner Mutter gekommen war, hatte sie mir viele kleine Zettel gegeben: Das sind Telefonnummern, die du dann anrufen mußt, Krankenkasse, Versicherungen, Abmeldung beim Einwohnermeldeamt, wegen der Sterbebescheinigungen. Sogar Briefe mit der Todesmitteilung an ihre wenigen Bekannten, adressiert und frankiert, lagen bereit. Es gibt keine Beerdigung. Ich hab meine Leiche der Anatomie vermacht, ist schriftlich festgelegt, da mußt du dann anrufen. Die holen mich ab. Da lernen die Studenten dran, und am Schluß kommst du in ein Massengrab. Die werden mich doch auch nehmen, obwohl ich so alt bin?

Was sollte ich davon halten? Von diesem grenzenlosen Nützenwollen über den Tod hinaus, mit dem Verwischen sämtlicher Spuren. Will sie nicht einmal im Tod neben Vater liegen? Nun hat sie außer mir alle überlebt. Ist es das, ihr größter, einziger und letzter Triumph, das Überleben aller, und sie fürchtet nun konsequenterweise den Triumph der anderen, die sie nun doch überleben, beim Anblick ihrer Leiche? Ich glaube, selbst im Tod noch will sie unerreichbar sein. Deshalb will sie lieber von flinken Studentenhänden seziert werden. Sie, die immer verfügt hatte, läßt lieber Fremde über ihren Körper verfügen.

Wieder zurück. Zwanzig Jahre zurück. Meine Frau machte Psychologieexamen und fing auch diese Ausbildung an. Doch damit wurde das Geld knapp. So eine Sitzung kostete einen Hunderter. Das sind für zweimal zwölf Stunden im Monat... – jeder kann es selbst leicht ausrechnen. Die Eltern dieser prächtigen Tochter fingen an, sich zu streiten, liebten sich aber immer noch zu jeder Tages- und Nachtzeit. Das ist an sich prognostisch günstig. Ich arbeitete währenddessen in verschiedenen Institutionen als Therapeut mit Kindern und Jugendlichen. Das ist eine schöne Sache. Davon zwei Jahre in einer privaten Psychotherapieklinik. Am ersten Arbeitstag überhaupt nach dem Studium kam ich frohgemut zur Arbeitsstelle. Um sieben Uhr morgens war die Welt noch in Ordnung. Da sah ich Kinder, Lehrer und Psychologen putzen. Ich dachte bei mir, wie soll ich diese Jugendlichen therapieren, wenn ich mich zum Deppen machen lasse, und weigerte mich. Es war nicht immer ganz einfach, aber oft spannend. Ab und zu kam die Polizei. Einmal hatte eins der Kinder schwarze Sprühfarbe geklaut und einen weißen Benz umlackiert. Ein anderes Mal kam ein aufgebrachter Gemüsegartenbesitzer. Die Besichtigung im Morgengrauen ergab ein Feld mit Möhren, das Grünzeug trotz Frühtau schlapp und welk. Man zog am Grünen, und die Möhre darunter fehlte. Alle Möhren aufgegessen. Anstrengend waren die Bettnässer. Sie mußten auf Luftmatratzen schlafen. Von diesen trennten sie sich morgens nur ungern, wollten weiterschlafen, statt zu putzen. Verständlicherweise aber nicht zu akzeptieren. Man mußte sie mitsamt Luftmatratzen die Treppen hinunter ins Bad schleifen und unter die Dusche legen. Jeden Morgen derselbe Streß. Diese Kinder waren offensichtlich und mit Mutwillen unangepaßt. Sie paßten nirgendwohin. Die anderen Jungs waren kreativer. Sie produzierten im Team Zeichentrickfilme.

Damals landeten die US-Astronauten gerade mit der «Eagle» erstmals auf dem Mond. Wir schauten fern, wie Armstrong und Aldrin, Känguruhs gleich, durch den Mondstaub jumpten. Wozu das alles, und wer hat was davon? Den Jungs war's egal. Einer fragte bei der NASA nach Unterlagen, bekam welche geschickt, und von da an bastelten sie ein paar Wochen im Wald herum. Gott sei Dank passierte nichts.

Von einer andern Arbeitsstelle nur ein Erlebnis, sonst werde ich nie fertig. Ein lieber, braver, stiller Junge, angepaßt, schüchtern und verängstigt, war neu gekommen, in Anzug, Hemd und Fliege. Was manche Eltern ihren Kindern bloß antun! Vor allem wegen schlechter Noten hatte er viel Ärger mit seinem Vater, der nur sein Bestes wollte, es aber nicht bekam. Ein halbes Jahr später, kurz vor dem Besuch der Eltern, kroch er beim Bauern nebenan durch den Misthaufen. Im Anzug. Das Elterngespräch gestaltete sich schwierig. Nur eine Übergangsphase. Verängstigt und gute Noten – beides geht nicht. Und gute Noten wollen Sie doch. – Ja, aber ohne Misthaufen. Manchmal ist es schwer, verstanden zu werden.

Jetzt habe ich Max ganz vergessen. Ich muß gestehen, er erinnert mich in manchem an mich. Deshalb ist er hier wichtig. Max war Franzose. Er kam zu uns aus dem Tierheim. Dort hatte er früh schon einige Mangelerlebnisse zu verarbeiten gehabt. Dahin kam er, noch ganz jung, von einem elsässischen Bauernhof, wo er an der Kette gelegen hatte und dadurch recht brav geworden war. Doch alle Kinder liebten ihn. Deshalb war er freundlich zu den Menschen. Die Tochter kam nach Hause. Ein so süßer kleiner Hund, so wuschelig, sei da im Tierheim. Sie wollte ihn und bekam ihn. Da lag er nun in der Küche, der Max. Eine Hirtenhundmischung, mit braun-beige geflecktem und gelocktem Fell bis über die Augen und einem Stummelschwänzchen. Damit wedelte er. Es gefiel ihm bei uns. Er wollte bleiben. Er war einen halben Meter hoch, der Kleine. Etwas schüchtern, kein Wunder bei den dauernden Wechseln, aber nicht lange. Und anscheinend stumm. In vierzehn Tagen kein Bellen. Bis ihm jemand auf die Pfote trat. Wie Eddie, der Kater, hatte er eine Störung, aber keine sexuelle. Er war ein naiver Hektiker, voll schäumendem Übermut. Er handelte stets erst und dachte anschließend. Er hatte ein fröhliches Naturell und keinerlei Stolz. Er mochte Menschen, sprang alle vertrauensselig und naiv begeistert an, manchmal auch um und leckte sie ab. Aber wie gesagt, er hatte eine Denkstörung: Bei seiner ersten Gassirunde – es muß ein Mittwoch gewesen sein so gegen neunzehn Uhr, denn alle Mülleimer standen vor den Häusern – lief er, die Nase knapp über dem Boden, und kollidierte mit jedem einzelnen Mülleimer. Wegen seines Fellvorhangs sah er nichts. Bong – bong – bong ... Am nächsten Tag bei seiner Runde standen keine Mülleimer mehr da, aber um jeden machte er einen Bogen. Er litt sozusagen an freudschem Wiederholungszwang. Irgendwie komisch.

Es war uns nie gelungen, ihm «bei Fuß» beizubringen. Irgendwann fuhren wir in die Wutachschlucht, wandern. Wir hielten an einem Feldweg, öffneten die Autotüre, und weg war er. Er galoppierte über die Wiese und wir hinterher. Da auf einmal – Max war weg. Er tauchte aber gleich wieder auf. Hatte nicht bemerkt, daß vor ihm auf seinem Galopp über die Wiese ein kleiner Teich war, völlig mit Wasserlinsen bedeckt. Alles grün, Wiese und Teich. Kein Unterschied. Er wollte einfach darüberrasen, ohne genau genug hinzusehen. Frösche quakten hysterisch. Als er wieder auftauchte, konnte er schwimmen – und war grün, voll Wasserlinsen. Er schüttelte sich heftig. Der ganze Hund drehte sich gewissermaßen in sich selbst um sich selbst und raste dann weiter. Er lernte es nie.

Teil II

*Ist Mord gesünder als Selbstmord, oder
kann man eine psychoanalytische Ausbildung
unbeschadet überleben?
Macht und Ohnmacht zum zweiten*

Aber das machte nichts, ihm geschah nie was. Er hatte einen Schutzengel. Und vor allem Urvertrauen! So konnte ihm nicht passieren, daß er den Boden unter den Füßen wirklich verlor und absoff. Beneidenswert.

Dauernd türmte er. Die Tochter weinte um ihren Hund, und wir liefen oder fuhren herum, um ihn zu suchen. Stundenlang. Einmal sah ich auf so einer Fahrt einen zehnjährigen Jungen, einen Hund an der Leine. Bei Fuß. Also konnte das nicht Max sein. Der Junge gehörte zu einer Kneipe und erzählte, Max sei zur Türe hereingekommen und direkt in die Küche marschiert. Er hat so lieb geschaut, daß der Koch ihm zwei Schnitzel schenkte. Und einen Kalbsknochen. Der Junge wollte ihn behalten. Die Tochter war dagegen, obwohl sie noch eine Katze, ein Meerschweinchen, einen Hasen, zwei Kanarienvögel und zwei Zebrafinken hatte, die gerade fünf Eier bebrüteten. Nur einmal wurde Max verängstigt. Während eines Urlaubs mußte er wieder, für vierzehn Tage, ins Tierheim. Die Zeitung brachte, Sauregurkenzeit, einen Artikel über das Tierheim, und Max wurde fotografiert, mit Blitzlicht. Von da an bekam er beim Anblick eines Fotoapparates Schüttelfrost. Dafür war er aber in der Zeitung.

Mephistopheles:
Hier diesen Schlüssel nimm.
Faust:
Das kleine Ding!
Mephistopheles:

*Erst faß ihn an und schätz ihn nicht gering. / Der Schlüs-
sel wird die rechte Stelle wittern, / Folg ihm hinab,
er führt Dich zu den Müttern.*
Faust (schaudernd):
*Den Müttern! Trifft mich immer wie ein Schlag! / Was
ist das Wort, das ich nicht hören mag? / Doch im Erstarren
such ich nicht mein Heil, / Das Schaudern ist der Menschheit bestes Teil; / Wie auch die Welt ihm das Gefühl
verteure, / Ergriffen, fühlt er tief das Ungeheure.*

J. W. Goethe: Faust II (6258–6274)

Was hatte ich mir von dieser Ausbildung erwartet? Zunächst
einmal natürlich die Erfüllung meines Berufswunsches. Ich
war fasziniert davon, verstehen zu lernen, was einen Menschen prägt, wie sich das in seinem späteren Leben auswirkt
und inwieweit es möglich ist, sich zu verändern. Zum anderen erhoffte ich mir für mich eine Besserung meines Lebens-
gefühls. Zwar hatte ich keine schwerwiegenden Symptome,
aber das deutliche Gefühl, daß etwas mit mir nicht so recht
stimmte. Andere Menschen schienen stärker zu empfinden;
bei mir, so hatte ich den Eindruck, pendelten die Gefühle um
die Null-Linie. Keine Tiefen, aber auch keine Höhen. Und in
bestimmten Situationen spürte ich starke Unsicherheiten,
z. B. beim Vortragen eines Referates. Auch wußte ich von
immer wiederkehrenden Problemen in Beziehungen. Im großen und ganzen kam ich aber gut zurecht.

Nun begann diese Analyse, wichtiger Teil der ganzen Ausbildung. Voraussetzung dafür ist ein abgeschlossenes Medi-
zin- oder Psychologiestudium. Diese Ausbildung könnte eine
tolle Sache sein, wenn sie nicht die gewaltigen Mängel hätte,
die ich sehr bald erleben sollte. Das jahrelange Studium for-
dert Verzichte und Opfer, eine Menge Zeit und viel Geld, ist

aber auch äußerst interessant, anregend und bewegend. Ein breites Wissen wird angeboten und vermittelt: von der Traumdeutung über die Kenntnis spezieller Krankheitsbilder, unbewußter seelischer Prozesse, tiefenpsychologischer Entwicklungspsychologie, psychosomatischer Erkrankungen und deren Ursachen bis zu psychiatrischen Kenntnissen. Zur Ausbildung gehört richtigerweise unabdingbar die Selbsterfahrung eigener unbewußter Prozesse in einer eigenen Analyse. Die Frage ist, wie dies genau aussieht. Und hier liegt der dicke, schlafende Hund begraben, wie wir bald sehen werden. Nach Erreichen bestimmter Ziele darf der Auszubildende unter Supervision eigene Behandlungen durchführen, über die er in Seminaren zu berichten hat, und irgendwann kann er seinen Abschluß machen.

Während zu Freuds Zeiten die Analysen noch relativ kurz waren und deren Ziele auf das Lernen der Methode zentriert, dauern sie heute im Schnitt acht bis zehn Jahre, da festgelegt wurde, die Analyse soll ausbildungsbegleitend sein. Die Dauer der Ausbildung hängt u. a. wiederum davon ab, wann man die zum Examen vorgeschriebene Zahl eigener Behandlungen zusammenhat. Springt z. B. ein Patient vorschnell ab, verlängert sich schon dadurch die Ausbildung und damit auch die Lehranalyse.

Die schwerwiegenden Mängel dieser schönen Sache liegen darin, daß diese Analyse im System der institutionalisierten Psychoanalyse, an Ausbildungsinstituten, bei Lehranalytikern stattfindet und daß dadurch allen Kunstfehlern Tür und Tor geöffnet wird, die in einer therapeutischen Analyse nicht vorzukommen brauchen.

Der Initiationsritus besteht aus drei Gesprächen bei drei Lehranalytikern des Ausbildungsinstitutes. Damit soll die Eignung des Bewerbers für diesen Beruf festgestellt werden.

Zuerst gab es also diese üblichen drei zu bezahlenden Vorstellungsgespräche bei dem Ehepaar, welches das Institut gegründet hatte und es leitete – per Freudscher Fehlhandlung hätte ich fast «besaß» geschrieben –, und bei einem dritten Lehranalytiker. Sie fragten nach der Motivation für den Berufswunsch, allerlei Skurrilem wie Sexpraktiken, Klorituale, Arbeitsstörungen, Symptomen und dergleichen mehr. Damit sollte meine Eignung zu diesem Beruf festgestellt werden? Irgendwie fühlte ich mich auf dem Glatteis. Ich kannte keinen von den dreien. Sollte ich ehrlich alles beantworten oder einiges verschweigen? Wonach wurde man beurteilt? Wenn ich ehrlich wäre, würden sie mich dann nehmen? Ich schlidderte herum und brach nicht ein. Ich wurde angenommen. Waren diese Menschen Hellseher? Nach drei kurzen Gesprächen wußten sie Bescheid? Mir schien das sehr subjektiv. Ich war jetzt Ausbildungskandidat, so wurde mir erklärt, durfte an Seminaren teilnehmen und mich auf die Couch legen. Die Seminare finden semesterweise abends statt. Tagsüber muß man das Geld für die Lehranalyse verdienen.

Zu diesem dritten wäre ich gerne in Analyse gegangen, obwohl er eine Autostunde weit weg wohnte. Wir hatten beide zusammen über etwas gelacht. Ihn zu fragen, ob ich bei ihm in Lehranalyse könne, hatte ich mich getraut. Die Antwort klang wie auswendig gelernt: Der Weiterbildungsausschuß wird darüber entscheiden. Das sollte ich im Lauf dieser Ausbildung noch oft hören. Mein Wunschanalytiker war in diesem Ausschuß. Doch meine Wünsche schienen auch hier keine Rolle zu spielen. Der Institutsleiter, demnächst die Hauptperson auf diesen Seiten, teilte mir mit, ich käme zu seiner Frau in Lehranalyse.

Zunächst informierte ich mich. Welches waren die Kriterien, aufgrund deren eine Voraussage über die Eignung zur

Ausbildung gewagt wurde? Ein Wagnis schien es für beide Seiten. Wurde man angenommen zur Ausbildung, und später würde sich herausstellen, die drei lagen falsch mit ihrer Diagnose, dann wäre man nicht geeignet. Was dann? Und wie stünde es dann mit deren diagnostischen Fähigkeiten? Durften sie sich als Lehranalytiker geirrt haben, diagnostische Fehler machen und, wenn, es zugeben?

Fragen über Fragen. Es gab einiges an Literatur über die Eignung zur Psychoanalyse. Geeignet ist, so las ich, wer sich sozial angemessen verhält, gute Ich-Stärke und Realitätsprüfung besitzt, über Sublimierungsfähigkeiten verfügt, flexibel reagiert und über Sprache kommuniziert. Die Symptome sind nicht schwer, die Diagnose bleibt innerhalb des neurotischen Spektrums. Man sollte in der Lage sein, frühe Trennungen und Mangelversorgungen ohne Schaden zu ertragen, über gute Toleranz für Angst, Depression, Frustration und Leiden verfügen und intensive Gefühle ohne Kontrollverlust aushalten usw., usw.

Und was hieß das: Man sollte keine mißlungenen oder schädlichen Psychotherapien hinter sich haben? So etwas schien also vorzukommen. Die Autoren eines Artikels stellen fest: Es könnte sein, daß wir uns in der paradoxen Lage befinden, daß der Patient mit idealen Voraussetzungen für eine Analyse keine benötigt. Negative Kriterien seien: Vagheit während des Vorgesprächs, Fehlen von Träumen und Erinnerungen, schweres Zwangsdenken, Phobien, Borderline-Zustände und Psychosen, bestimmte Suchten, manifeste Angst vor Ärzten, Zahnärzten usw., usw. Doch was war das: Frühe Abwesenheit einer oder beider Eltern, keine enge Beziehung zum gleichgeschlechtlichen Elternteil, primitiv streitende Eltern – das sprach gegen die Eignung. Trennungserlebnisse in der frühen Kindheit auch. Waisen und Halbwaisen brauchen sich also gar nicht erst zu melden. Da hatte ich wohl Glück gehabt, daß sie mich genommen hatten. Saß ich etwa im Schleudersitz, war ich ein Wackelkandidat?

Wie sehr man im Erstgespräch auf Glatteis ist, sah ich jetzt: Ungeeignet ist, wer dort eine fordernde, provozierende oder mißtrauische Haltung zeigt. Wenn das alles für die Eignung zur psychoanalytischen Behandlung galt, dann doch wohl erst recht für angehende Psychoanalytiker. Nun, sie hatten mich jedenfalls angenommen. Auch das war zu lesen: Es gibt viele Patienten, deren Heilungschancen davon abhängen, ob der Analytiker die notwendige Arbeit leisten kann oder nicht. Je schwieriger das Problem des Patienten, desto entscheidender der Analytiker. Irgendwie logisch. Ein Lehranalytiker muß ja wohl ein Spitzenanalytiker sein, also könnte nichts schiefgehen. Hatte ich deshalb nicht zu diesem von mir Gewünschten gedurft? Sie würden, hoffte ich, schon überlegt haben, zu wem sie mich in Analyse schickten. Vielleicht brauchte sie aber gerade einen Zahlenden auf der Couch?

An den vielen offenen Fragen sieht man, wie undurchsichtig diese Entscheidung für den Bewerber bleibt. Er erfährt nur, ob er angenommen ist oder nicht. Nach besagter höchst einseitiger Entscheidung, auf wessen Couch ich landete, fing es schon merkwürdig an. Darüber freilich werden verschiedene Leute verschiedener Meinung sein. Meine Lehranalytikerin hatte diesen kleinen Schlüssel zur Türe der Unterwelt verloren. Deshalb schob sie einfach einen Riegel davor, indem sie mir vor Beginn der allerersten Sitzung meinen Teil an der Zusammenarbeit so erklärte: Die ersten fünfundzwanzig Stunden sind ein Behandlungsversuch. Aha, Probezeit. Rücktrittsmöglichkeit? Damals noch naiv-vertrauensselig, fragte ich sie das. Doch da guckte sie mich an, als sei so etwas noch nie vorgekommen, und sagte – hm? Mhm, ja ... also, Sie kommen pünktlich, geben mir Ihren aufgeschriebenen Traum ab, legen sich unaufgefordert auf die Couch, erzählen

Ihren Traum und die Einfälle dazu, schlafen nicht ein und stehen nicht auf, bis ich die Stunde beende. Man könnte sagen, diese Anweisung war eine Orientierung für mich. Irgendwie so erlebte ich das auch, aber woher kam mein vages Unbehagen, meine Unruhe und meine Niedergeschlagenheit?

Ach was, sie würde schon wissen, was richtig ist, sie war ja vom Fach. Damit schob ich mein ungutes Gefühl beiseite. Das war mein Fehler. Etwa wie wenn man das Kleingedruckte bei einem Vertrag nicht liest. Meine neurotische Leidensbereitschaft zu fruchtlosem Miteinander war mein Mitbringsel. Das hatte ich zu Hause gut gelernt. Vielleicht hielt sie es für gesund, ich hielt es ohnehin für eine meiner größten Tugenden. Jedenfalls hielt ich mich daran und lag von da an flach und nahezu bewegungslos ausgestreckt wie auf einem Katafalk, und sie wachte über mir, hoch oben und unsichtbar hinter mir. Immer wieder stieß ich auf diese Koordinaten: oben – unten, aufrecht – waagrecht, Macht – Ohnmacht. Sicher dachte sie, und vielleicht fühlte sie. Sie schwieg und behielt alles für sich. Genaugenommen war es ein sehr enger Rahmen von Erlaubtem und Verbotenem, den sie mir da zur Verfügung stellte, um die vielleicht manchmal abgründige Innenwelt darzustellen.

Heute, viele Jahre später, nehme ich an, es war ihr Schutz vor Überraschungen, die sie hätten in ihrem eigenen seelischen Gleichgewicht bedrohen können. Schutz bot dieser Rahmen auch für mich, vor meinem eigenen inneren Chaos, bedauerlicherweise mit der Konsequenz, daß damit eine Heilung kaum möglich sein würde. Sie hatte klare Grenzen gezogen: Ursprüngliche, sicher auch früh deformierte Gefühle auf der einen Seite, Anpassung und Fassade auf der anderen, von ihr gewünschten. So hatte ich es zumindest verstanden. Irgendwie paßte dazu, daß sie zwischen den einzelnen Sitzungen keine Pausen einlegte. Damit signalisierte sie das innere

Unberührtsein eines Fließbandarbeiters bei seiner Arbeit. Sichtbar wurde sie für die Dauer eines «Guten Tag» und «Auf Wiedersehen». Ich lag zu Füßen einer lächelnden Maske. Psychoanalyse so gehandhabt – welch seltsame Methode zur Förderung von Ganzheit. Der Weg ist weit, die Gefahren sind unbekannt, und die schweigende Führerin geht hinter dem Rücken des Wegeunkundigen.

Nun wollte ich ja diese freudlose Ausbildung machen. Was jetzt? Mich fügen, trotzen, verhandeln, gehen? Aus meiner gesamten Geschichte kannte ich nur eins: mich fügen, mitspielen und vielleicht heimlich trotzen. Wäre ich gesünder gewesen, wäre ich gegangen. Daß ich das nicht tat, darin liegt mein Anteil am späteren Scheitern des Ganzen. Natürlich lief das nicht so bewußt ab. Ich fügte mich einfach, das hatte ich schon als Kind gelernt. Blindes Vertrauen war dort gefragt gewesen. So begann diese Analyse auf der völlig falschen Ebene, ein paar Stockwerke zu hoch, und unten drunter war Treibsand. Wie wenn man einen Tumor hat und wegen Schnupfen behandelt wird. Von der Diagnose hängt die Art der Behandlung ab. Das Problem dabei ist, Lehranalyse ist nur mit der Methode klassischer Psychoanalyse möglich, denn diese soll ja am eigenen Leibe gelernt werden. Für diese Behandlungsmethode muß der Auszubildende also geeignet sein. Einige Eignungskriterien, die im Erstinterview festgestellt werden sollen, habe ich bereits erwähnt.

Die Untauglichkeit dieses Erstgesprächs zeigt sich daran: Die Mehrzahl der an einem Institut abgelehnten Bewerber macht die Ausbildung an einem anderen Institut. Cremerius gibt die Fehldiagnosen mit fünfzig Prozent – also im Zufallsbereich – an. Er beschreibt die Nicht-Ausgewählten als die mit kritischem Kopf, die nicht glauben, sondern wissen wollen, und die begabten Forscher. Eigentlich ist es keine Auszeichnung, ausgewählt worden zu sein. Wenn nun dieses Auswahlverfahren so untauglich ist, weshalb behält man es bei? Bereits Balint nannte es ein Initiationsritual, dessen Sinn es ist, dem Bewerber die Macht der Herrschenden und die eigene Ohnmacht zu zeigen. Bestehen kann nur, wer sich anpaßt und unterwirft. Was aber, wenn man nicht so gesund ist, daß man keine klassische Analyse braucht, sondern auf Grund seiner Störung hierfür nicht geeignet ist bzw. diese Methode nicht für einen bekömmlich, zur Heilung führend ist? Ist man dann nicht zur Ausbildung geeignet? Dann müßte man auf Grund der Vorgespräche abgelehnt werden. Wenn nun gerade Mangel an Bewerbern herrscht, ein finanzielles Problem also für die Lehranalytiker, z. B. bei einem neu gegründeten Institut wie dem, an dem ich war, wäre die Lösung für den Lehranalytiker: Man nimmt alle, die sich melden.

Da fällt mir eine kleine Szene ein, die ich nach meinem Examen miterlebt habe. Einige Analytiker fragten den Institutsleiter, ob sie Lehranalytiker werden könnten. Die Voraussetzungen – fünf Jahre Praxis und Dozententätigkeit – hatten sie. Ja, nicht wahr, wir haben keinen Bedarf, war die Antwort. Die Auswahl an Lehranalytikern für die Auszubildenden wäre dadurch zwar größer geworden, aber auch die Konkurrenz unter jenen, und die Verdienstmöglichkeiten der bisherigen Lehranalytiker geringer, vor allem für jene, zu denen man nicht so gerne gehen würde. Nun könnte die Frage kommen, ob dieser Mann alles zu bestimmen hatte. So ist es. Es war eine Frage der Macht und des Geldes. Beides liegt ja oft nah zusammen. Um seine Macht auszukosten, meinte er noch, wer Lehranalytiker werden wolle, solle sich wieder in die Seminare setzen.

Ist die Diagnose gestellt, kann es mit der Ausbildung im Rahmen klassischer Analyse losgehen. Die «Roßkur» kann beginnen. Was dabei herauskommen kann, werden wir sehen.

Bekömmlicher wäre, einen so zu behandeln, wie man es braucht zu Entfaltung, Wachstum und Selbstfindung. Freud selbst sah die klassische Analyse noch in erster Linie als Forschungsinstrument. Er sprach vom Gold der Analyse und der Notwendigkeit, es in Behandlungen mit dem Kupfer der Suggestion zu legieren. Das gilt inzwischen als mindere Kunst.

Meine Lehranalytikerin begann also mit einer falschen Diagnose. Sie attestierte mir eine Aufstiegsneurose. Das ist das, was ein Unterschichtler hat, wenn er Akademiker wird. Ganz abgesehen davon, daß das, was da stattfand, nicht einmal eine Analyse war, sondern mangels Können ein einziger Kunstfehler. Wir werden es sehen. Ich vermute, sie sah, was sie sehen wollte, d. h., womit sie umgehen konnte. Sie behandelte mich wegen seelischen Schnupfens, dabei hatte ich einen seelischen Tumor. Winnicott bezeichnet Menschen wie mich als Personen mit falschem Selbst – eine heutzutage weit verbreitete Spezies. Sie zeichnen sich bei nicht so genauem Hingucken aus durch selbstbewußte Unabhängigkeit und emotionale Selbstgenügsamkeit. Sofern solch ein Mensch Beziehungen eingeht, wird er darauf achten, daß sie ihm nicht außer Kontrolle geraten. Die meiste Zeit wird er den Eindruck erwecken, als käme er wunderbar zurecht. Er selbst meint das auch. Unter all dem aber liegt Treibsand. Davon weiß er nichts. Ich meine, sie hätte ein bißchen genauer hingucken müssen und mich zu jemandem Kompetenteren schicken sollen. Sie hielt sich für unangreifbar kompetent, und viele wertvolle Jahre meines Lebens waren im Eimer.

Ein paar Hinweise gab ich ihr immer wieder mal: Ich wollte in der ersten Stunde die Papierserviette, die sie mir aufs Kissen der Couch gelegt hatte, weghaben, weil's bei jeder kleinen Bewegung so an den Ohren knisterte und raschelte. Die ersten zehn Sitzungen = 1000 Mark gingen damit drauf: zehn Stunden, weshalb und warum?! Wogegen müssen Sie trotzen? Können Sie nichts annehmen? Vielleicht steckte ein letzter Rest eigener, gesunder, ganz normaler Wünsche, auch nach Selbstbestimmung, dahinter. Sicher war es der Versuch, nicht auch hier wieder angepaßt, brav und willenlos sein zu müssen. Schon der erste Test schien nach zehn Stunden gescheitert.

In meiner Verzweiflung über diesen trostlosen Beginn fragte ich sie, ob sie ihre Behandlungen supervisionieren lasse. Schweigen! So sprich doch, damit ich dich wahrnehme. Frag mich doch wenigstens, weshalb ich das frage. Endloses Schweigen. In Seminaren diskutierte man über die vielfältige Bedeutung des Schweigens der Patienten. Was bedeutete ihr Schweigen? Nach zehn Stunden gab ich auf. Sie wollte anscheinend einen Braven. Das konnte sie haben. Brav sein oder so tun, als ob – das hatte ich von klein auf zu Hause gelernt, und ihr war es recht. So hatte sie ruhige Stunden und ich keinen Ärger mehr.

Etwa in dieser Zeit erst fiel mir der schmiedeeiserne Zaun auf, mannshoch. Eiserne Lanzen mit goldenen Spitzen unterbrachen in regelmäßigen Abständen die Gitterstäbe. Am schmiedeeisernen Tor ein goldenes Wappen. Eine Burg? Der Zaun umgab die gesamte Festung und zerteilte die Aussicht auf die weit unten liegende Stadt. Dann fielen mir die Gitter vor den Fenstern im Parterre auf. Ein Gefängnis? Hier auch? Das Summen des Türdrückers befreite mich von meinen Zweifeln. Auf der Couch sprach ich von was anderem. Eigentlich hätte sie mich loben müssen. Meine Anpassung war doch eine tolle Leistung. Früher und jetzt.

Vielleicht hat sie geahnt, was unter der Anpassung lag, und wollte nichts damit zu tun haben. Verstehen könnte ich das, aber dann hätte sie was anderes arbeiten sollen, z. B. Berufsberatung. Nur hätte man/frau dort weniger Macht. Und um

Macht ging es hier sehr. Wir sehen das später ja in ganzem Schrecken. Damals gab es nichts zu lachen. Weniger als zu Hause früher. Und das will was heißen. Wenn sie nicht schwieg, knurrte ihr Magen, oder sie schnaufte asthmatisch. Es war wie eine Andacht. Sie lebt! Oder wirft bald den Löffel hin? Sag lieber nix, sonst läßt sie auch das noch bleiben.

Man kann seinen Analytiker auch mit Träumen darauf aufmerksam machen, daß er sich im falschen Stockwerk herumtreibt. Nichts zeigt so gut wie Träume, wie es innerlich wirklich um einen bestellt ist. Leider versteht man sie selbst nicht so gut, aber dazu ist ja der/die hinter der Couch da. Träume, diese feinsten Gewebe nächtlicher Phantasie, schöpferische, manchmal schreckliche Gemälde aus geheimnisvollen Tiefen, Traumpfade zur Verwirklichung des darin Geahnten – wie leicht sind sie zu zerpflücken. Sie zerpflückte sie nach allen Regeln ihrer Kunst. Doch sie fand nicht den Träumenden darin. Ihr war alles schon bekannt. Südamerika und Bayern waren schon erforscht.

Einmal brachte ich drei Träume mit. Da fragte sie, ob ich ein Leistungsproblem hätte. Aufstiegsneurose! Das hatte ich sicher, bei meiner Herkunft, aber die Frage war ein, zwei Stockwerke zu hoch. In dem einen Traum ging es um eine Herztransplantation. Ich brachte zum erstenmal meinen Körper ins Spiel. Das Herz war offensichtlich beschädigt, verletzt, kurz vor der letzten Zuckung. Ich brauchte einen Spender. Ach, hätte sie mir doch ihr Herz geschenkt. Sie vermutete «Übertragungsliebe», d.h. verliebt in sie. Edle Einfalt.

Im zweiten Traum hatte ich von Friedrich II., dem Staufer, geträumt. Da kann einem viel einfallen: Dieser König hatte einen Harem. Zu dem Harem hätte einem etwas sehr Peinliches einfallen können, nämlich ihr Mann, um den es hier in der Hauptsache bald gehen wird. Friedrich II. experimentierte auch mit Kindern: ob sie ohne emotionalen Kontakt überleben konnten. Sie starben. Auch da könnten jetzt Einfälle kommen: Wie schwierig das für mich gewesen war, früher zu Hause und jetzt hier.

Das, was wirklich in mir war, hinter der vernünftigen, funktionierenden Fassade, zeigte ich ihr etwas später mit einem anderen Traum noch einmal: In einem See trieb eine Wasserleiche, aufgedunsenes, weißes Fleisch, an der Oberfläche des Wassers, kopfunter. Da lag es doch wieder vor ihr, mein Problem, die in mir abgestorbene, neu zu erweckende Lebendigkeit. Doch sie fragte: Was fällt Ihnen zu mir oder zu Wasser ein? Was wollte sie damit? So tauchte ich wieder unter, mit dem Teil von mir, den ich selbst nicht kannte, und sie suchte nicht nach mir in diesen trüben Gewässern, um mich wiederzubeleben.

Oder als ich ihr gestand, daß meine Mutter mich mit vier Jahren hatte vergiften wollen und sie – nur keine Rührung! – fragte: War das nun ein Mordversuch oder ein Doppelselbstmord? Gar nichts zu sagen wäre besser gewesen. Oder ein kleines bißchen Mitgefühl zeigen. Brav fing ich an, über diese Frage nachzudenken. Denken, das konnte ich, das war das einzige damals, was nicht brachlag. Hätte nicht gemeinsames Entsetzen aus jeder ihrer Poren strömen müssen? Sie wollte wohl nicht, traute sich nicht daran, an meinen inneren Friedhof, blieb lieber im Stockwerk der Aufstiegsneurose. Da drohen keine Wasserleichen, und die Luft ist frischer.

Doch zum Glück gab es auch schönere Träume. Ein Haus in einem Park. Ein großes Schild: Theodor-Wenzel-Krankenhaus. Eine Erinnerung an sonnigere Tage. In Berlin hatte ich nebenan gewohnt. Plötzlich litt ich im Traum Hunger. Und schon saß ich an einem Tisch. Darauf ein Teller Spaghetti, Tomatensauce, Reibkäse. Zu schön, um wahr zu sein. Doch bei genauerem Hinsehen lagen unter Sauce und Käse rote

und grüne Gummiringe, wie sie Mutter in ihrer Küche benützte. Das war nun mal interessant. Jetzt hieß es aufpassen.
Krankenhaus – das war hier nicht, hier war Ausbildungsstät-
te. Ein vergeblicher Hinweis, wo ich eigentlich hingehörte.
Dieser Traum war so klar, sogar mir. Natürlich nicht auf
allen vierzehn – oder waren es sechzehn? – möglichen Deu-
tungsebenen, nicht wahr? Aber nun soll man ja auf der
Couch nicht deuten, sondern Einfälle bringen. Während ich
so bei mir dachte, schmeckt mir das hier alles nicht, ist auch
hier nur wieder Ungenießbares, Unbekömmliches unter der
Oberfläche, oder kann man's mir nicht recht machen, werte
ich noch das Allerfeinste ab, sagte ich, also Spaghetti eß ich
für mein Leben gern, und wollte das Unverfängliche ausbrei-
ten, doch da kam die Stimme von hinten: Was fällt Ihnen
noch zum Traum ein? Hatte sie was bemerkt? Der Traum
könnte ja auch sagen, unter meiner leckeren Fassade ist zähes
Zeug.

Da fiel mir ein, wie man Rossini nach einem Opernbesuch
fragte, wie ihm die Musik gefallen habe, und er antwortete:
Musik? Ich höre keine Musik! Leider kann ich mich an die
Oper nicht mehr erinnern, sagte ich noch. Da hatte ich ihr
nun, unbewußt natürlich, das Thema Leistungsproblem und
Aufstiegsneurose serviert. Sie sagte, die Oper hieß: Die Hu-
genotten. Höflich, wie ich nun mal war, sagte ich danke. Die
Verarscherei kam nicht zur Sprache.

Irgendwann hatte ich die Voraussetzungen zusammen, um
selbst behandeln zu dürfen: soundso viele Referate gehalten,
Seminare besucht, Patienten diagnostisch untersucht usw. Da
ich wußte, daß der Lehranalytiker über diesen Schritt in der
Ausbildung befragt würde, erkundigte ich mich bei ihr, was
sie dazu meine. Fragen Sie den Ausbildungsleiter. Ich ging
also zu ihrem Mann. Und siehe da, ich durfte.

Das ist nun eine ganz und gar heikle Sache. Hier entscheidet der Lehranalytiker über das Weiterkommen seines Analysanden mit. Das ist einer der Kunstfehler, die Anna Freud meinte, die in der Ausbildung gemacht werden. Wieder werden die Gründe nicht mitgeteilt, man wird auch nicht dazu angehört. Diese Auskunftspflicht des Lehranalytikers gegenüber dem Institut, mit der er in die Lebenswirklichkeit seines Patienten eingreift, schafft reale Abhängigkeiten. In Therapien dagegen ist streng darauf zu achten, daß zwischen beiden Beteiligten keinerlei Abhängigkeitsverhältnis besteht. Hier ist es Teil der Analyse. Reale Abhängigkeit vom Lehranalytiker ist ganz und gar unvereinbar mit den Essentials der Psychoanalyse. Ein Kunstfehler. In den Ausbildungsrichtlinien ist lediglich «dienstliche Abhängigkeit» untersagt. Weshalb wohl? Na?

Unter all diesen schädigenden Einflüssen ist es naheliegend, daß der Analysand von der Freudschen Grundregel der freien Assoziation, alles zu sagen, was ihm während der Stunde einfällt, vorsichtig Gebrauch macht und seine Einfälle in bezug auf seine Abhängigkeit kontrolliert. Damit wird die ganze Analyse zum Witz. Er lernt zensieren, auswählen, noch mehr, als er es aus eigenen, neurotischen Gründen ohnehin schon tut, er lernt eine weitere schädliche Ichspaltung, erwirbt neue Abwehrmechanismen, statt seine neurotischen loszuwerden. Ein prominentes Beispiel dafür, wie schutzlos der Ausbildungsteilnehmer schon immer war, ist der Fall von Margaret Mahler, einer bedeutenden Psychoanalytikerin, die sich mit der Erforschung der Trennungs-/Individuationsprozesse der frühen Kindheit einen Namen gemacht hat. Ihre Lehranalytikerin, Helene Deutsch, brach die Lehranalyse ab und meldete dem Ausbildungsausschuß, sie sei nicht analysierbar. Anna Freud, die dem Ausbildungsinstitut vorstand, teilte ihr mit, die Ausbildung sei beendet. Eine Tragödie so was. Viele Jahre und zwei Analysen später konnte sie die Ausbildung beenden.

Die Folge all dessen ist, man wird sich klugerweise anpassen, möglichst gesund erscheinen, man verschweigt am besten Kritik, Mißtrauen und aggressive Gefühle. Die sogenannte negative Übertragung wird damit unanalysierbar. Seiner eigenen Heilung dient man damit nicht. Aber soll man riskieren, nicht weiterzukommen? Der Ausweg ist, man idealisiert auf Teufel komm raus seinen Analytiker, was wiederum die Auflösung der Abhängigkeitsprobleme verhindert. Was bleibt, ist Ohnmacht, Anpassung und Unterordnung. Diese Kontrolle bleibt bis zum Schluß der Ausbildung, bei jedem weiteren Schritt auf der Leiter, bis zum Examen. Im Grund aber ist auch der Lehranalytiker ein armer Teufel – wenn er dem Analysanden gerecht werden will. Entweder muß er ihm gegenüber unloyal werden oder gegenüber dem Institut. Das geht wohl nur mit Doppelmoral oder gar keiner. Was ist der Nutzen dieser Verletzung analytischer Grundregeln? Er besteht in der Sicherung des Instituts, der Hierarchie, des Systems. Gefahren, die aus dem kritischen und kreativen Potential erwachsen könnten, werden durch Aufrechterhaltung der Anpassung ausgeschaltet. Der Lohn für den Analysanden ist eine Gesundheitsbescheinigung, ein Normalitätszertifikat. Die Auskunftspflicht des Lehranalytikers wurde inzwischen an manchen Instituten abgeschafft. Das ändert wenig, denn er sitzt als Funktionsträger in irgendeinem Weiterbildungsausschuß, hat also weiterhin Macht.

Damit nun niemand auf den naheliegenden Gedanken kommt, das Beschriebene sei ein Einzelfall, zitiere ich Petri: «Ausbildungsinstitute sind Fortpflanzungsorgane der psychoanalytischen Bewegung, die in ihrer hierarchischen Strukturierung Kaderschmieden für angepaßte Musterschüler darstellen. Die Unterwerfung erfolgt durch Gewalt in der

Ausbildung, Einschüchterung, Disziplinierung und Zwang … Die Machtstrukturen entsprechen denjenigen einer … Sekte, die durch Unaufrichtigkeit, Anspruch auf Unfehlbarkeit und Absolutheit sowie durch Intoleranz gekennzeichnet ist. Durch Isolierung nach außen kann auch das Herrschaftsinstrument der Geheimhaltung nach innen erhalten bleiben, wobei die Herrschaftsverhältnisse durch ein elitäres Bewußtsein gesichert werden.» (…) Oder durch folgenlose Systemkritik in den eigenen Fachzeitschriften, die außer den Herrschaftsträgern und den Abhängigen niemand liest. Auch Petri ist nicht allein mit seiner Ansicht. Bereits H. Sachs, in unserer Zeit O. Kernberg u. a. ziehen den Vergleich zur Kirche oder Sekte, sprechen von einem Noviziat etc. Michaelis fragt: «Eigentlich ist schon alles gedacht – warum handeln wir nicht?» (…)

Zurück in die Praxis: In der Analyse klebte sie weiter Tassen während der Stunden, schrieb Briefe oder knipste Fingernägel und sagte ab und zu: «Mhm» oder «Wie meinen Sie das?» Ich lag zu Füssen eines Denkmals. Steinern und ungerührt thronte es über mir. Da lag ich vor ihr, ein verdrehter Gulliver, von unzähligen Fäden auf der Couch gehalten, und wünschte mir nichts Sehnlicheres, als daß der Riese hinter mir einen Faden, vielleicht sogar zwei durchschneide. Doch sie saß da, vielleicht, wer weiß, mit gleichschwebender Unaufmerksamkeit. Um ab und zu etwas Menschliches zu erhaschen, fragte ich vor oder nach der Stunde etwas, wünschte ihr auch schon mal ein schönes Wochenende. Dazu schwieg sie, zu den Fragen sagte sie nichts. In Seminaren nannte sie Gespräche unter der Türe «Frisörgespräche». Das fiel unter das Kapitel «agieren» und mußte gedeutet werden. Nennt man das Abstinenz? Keinerlei Ersatzbefriedigung für den Couchler.

Da konnte ich noch froh sein, hatte ich doch von Diskussionen gelesen, ob es nicht richtiger sei, wenn der Analytiker den Ehering ausziehe wegen der zur Entfaltung von Übertragung notwendigen Neutralität. Daß er alles Persönliche rauslassen müsse, vor einer Operation nicht Glück wünschen dürfe oder bei einem Todesfall sein Beileid ausdrücken. Entgegen ihrer Empfehlung, keine Fachliteratur zu lesen, las ich: daß der Analytiker sich in die Rolle des anonymen Beobachters begeben müsse, vergleichbar der des Schiedsrichters bei einem Tennisspiel, der außerhalb des Feldes stehe, um das Feld optimal überschaubar machen zu können. Derart unmenschlich geht es heutzutage Gott sei Dank nur noch selten zu in Analysen. Ich hatte einfach Pech. Mit ihr.

Damit, mit korrekter Abstinenz etwa, könnte sie sich zumindest ihre Unlust und Langeweile zurechtrationalisieren. Das verstehe ich ja: Wenn einer so wie ich zwar nichtsahnend um den heißen Brei, den Treibsand herumschleicht, ist das langweilig bis öde für den Analytiker. Dessen Gefühle nennt man Gegenübertragung, und die soll er bei sich unter die Lupe nehmen und daraus Schlüsse ziehen, z. B. daß diese öde Langeweile daher kommt, daß der auf der Couch etwas Brisantem mit Erfolg aus dem Weg geht. Weshalb sieht sie nicht: Diese langweiligen, weil affektlosen Berichte über ein tödliches Drama sind nichts anderes als meine Möglichkeit im Umgang mit der Macht. Statt sich zu langweilen, hätte sie mir das doch zeigen können. Oder nicht? Es war so um die Zeit der Demos und Hausbesetzungen. Die Polizei rasselte mit Wasserwerfern durch die Hauptverkehrsader der Stadt, weil Demonstranten auf den Straßenbahnschienen lagerten. Die Autorität spritzte hilflose Rentner naß, und die schimpften. Geht doch rüber in die DDR, wie das damals noch hieß. Die Polizisten konnten einem auch leid tun. Alles blutjunge Kerle von der Polizeischule mit nervösen Schäferhunden;

letztere wurden mit Würstchen beruhigt. In den Sitzungen, wenn ich wenig Lust verspürte, in mir zu forschen, erzählte ich davon. Keine Lust zu haben ist durchaus das Recht dessen, der auf der Couch liegt, vor allem am Anfang. Später merkt er dann, daß er nicht so recht will, und schaut selbst nach, wovor er Angst hat, was da Peinliches schlummert, und überwindet sich. Im Idealfall. Nicht immer, aber immer öfter. Oder der Analytiker zeigt ihm verständnisvoll auf, daß er jetzt gerade von Demonstrationen gegen die Autorität redet und ob das vielleicht eine Parallele in der Stunde oder Analyse habe. Doch hier gab's Diskussionen. Über geltende Gesetze und all so was. Hier wurde sie gesprächig. Das sind doch Sozialisten. Was soll denn das? Wenn alle gleich viel haben sollen, wo soll's denn herkommen? Und wer tut denn dann noch was? Neidische Traumtänzer, wollen alle nur haben, aber nichts tun. Hatte das was mit mir zu tun? Oder hatte ich eine empfindliche Stelle entdeckt? Saß hier ihre Angst? Angst vor Besitz- und Machtverlust, auch um ihr kleines Reich des Institutes? Die Ordnung der Welt war in Gefahr.

Einmal hatte ich, um meine Verwirrung zu klären, mit einem Freund, einem fertigen Analytiker, gesprochen. Agieren! Etwas draußen per Handlung erledigen, statt es in der Stunde zu besprechen. Doch dort war ich ja schon auf Granit gestoßen. Agieren galt als schlimme Sünde oder wenigstens als Unreife. Tja, so ist das in einer Lehranalyse, sagte er, mach weiter so. Oder protestiere, aber überleg's dir gut. Oder hör auf, und mach eine psychoanalytische Therapie, wenn du gesund werden willst. In der Stunde erzählte ich das, Protestversuch mit einem vorgeschobenen Dritten und so vielleicht weniger gefährlich. Nun wäre es schön gewesen, auch wenn ich ein bißchen Angst davor hatte, über meine Zweifel oder mein Mißtrauen zu sprechen, vielleicht auch darüber, wie es damit zu Hause gewesen war, doch wie aus der Pistole geschossen fragte sie: Wer war das? Das ist nun wirklich nicht analytisch.

Inzwischen war meine Frau, die Mutter dieser prachtvollen Tochter, mit dem Psychologiestudium fertig und fing ebenfalls mit dieser Ausbildung an. Auch bei *ihr*. An sich eine unmögliche Situation. Man stelle sich das vor: Ich erzähle um neun Uhr von einem Krach und meine Frau um, sagen wir mal, vierzehn Uhr vom selben Krach aus ihrer Sicht. Wie kann da ein Mensch, auch einer hinter der Couch, damit klarkommen? Wie gar die beiden auf der Couch? Aber so war's nun mal. Wir waren beide gar nicht gefragt worden, zu wem wir wollten. Man sagte uns, zu wem wir auf die Couch mußten. Wahnsinn, so was! Weshalb es so bestimmt wurde, weiß kein Mensch. Das Chaosprogramm konnte ablaufen.

Von außen betrachtet, machte ich weiter Fortschritte. Ich gab meine Behandlungsberichte pünktlich ab, trug Referate und Behandlungen vor und kam vorwärts. Wie ein U-Boot. Untergetaucht. Ist ja irgendwie spannend, trotz allem. Und für mich als Psychoanalytiker interessant, fachlich gesehen. Jetzt im nachhinein. Irgendwie fiel ihr aber doch etwas auf. Sie können träumen, wovon Sie wollen, von einem Pferd, Vulkan, Schiff, immer fällt Ihnen Ihre Mutter ein. – Ich hatte auch das Gefühl, daß wir damit nicht weiterkamen, meinte aber, Ungeduld bei ihr rauszuhören, und vermied in Zukunft das Thema möglichst, ich wollte ja weiterkommen in der Ausbildung. Und wenn nicht, dann vermied sie es. Z. B. indem sie mir vorschlug, ich solle meine Mutter ins Café einladen und nach der Beziehung zum Vater ausfragen. Muß ich hier kurz mal mit Fachchinesisch kommen? Da gibt es so Lehrsätze wie: Die Analyse findet an den inneren Objekten statt, nicht an den äußeren, realen. Soll heißen an dem, was

du von der Mutter in dir hast. Ein Kernpunkt ist die Übertragung, d. h., du erlebst deine Gefühle, z. B. die zur Mutter,
an der Analytikerin und kannst sie dort prüfen, klären, d. h.
erkennen, daß sie aus uralten Zeiten stammen, heute nicht
mehr notwendig sind und sie dadurch ändern. So ungefähr.
Seltsamerweise fand ich den Unterschied zwischen früher
und heute hier nicht so groß. Aber genau das könnte ja Übertragung sein, eine Verwechslung. Oder aber Realität. In diesem Fall sorgt es für gewaltige innere Verwirrung, besonders,
wenn es vom Analytiker zur Übertragung erklärt und als
Widerstand gegen die Analyse interpretiert wird.

Sie schickte mich nun zur realen Mutter. Soll er doch dort
was ändern. Das konnte ja nicht funktionieren. Wenn da was
zu ändern gewesen wäre, wäre ich ja nicht hier auf dieser
Couch. Brav, wie ich war, interviewte ich meine Mutter und
berichtete. Interessant ist ja immer die Sexualität, nicht
wahr? Also erzählte ich ihr, die Mutter habe gesagt, der Vater
wollte immer hinten rein.

Da kam aus dem weiten Raum über und hinter mir ihre
Stimme. Das Eis des Schweigens war wieder einmal gebro-
chen. – Analverkehr, ach, das ist doch Ihre Phantasie. –

Da war ich platt. Wie kam sie darauf? Dazu hatte ich doch
noch nie Lust gehabt. Wußte sie auch das besser? Vielleicht
gab's im Unbewußten doch solche Wünsche? Ich schwieg
perplex und war wahrhaftig wütend. Zu Recht? – Sie schweigen! – Was jetzt? Ihr das alles sagen? Die Grundregel der
freien Assoziation befolgen? Was dann? Ich schwieg weiter.
Vermutlich fiel das jetzt ins Kapitel «Widerstand», d. h., sie
hatte recht, und ich schwieg aus Peinlichkeit. Sollte sie doch
denken, was sie wollte.

Einmal, nach langem Überlegen, still für mich, war ich zum
Ausbildungsleiter, ihrem Mann, gegangen. Wohin auch sonst?
Es gab ja nur die beiden, die das Sagen hatten. Ganz nebenbei:

Nach den geltenden Richtlinien der psychoanalytischen Fach-gesellschaften ist es nicht rechtens, daß miteinander Verwandte Funktionsträger an einem Institut sind. Doch so genau nahm man es hier auch damit nicht. Ich sagte ihm, ich käme bei seiner Frau nicht weiter, würde gern wechseln. Er hob seine silbrigen, buschigen Augenbrauen, strich sich über die grauen Schläfen, räusperte sich und sagte: Ja, nicht wahr, also, Sie hatten ja nie einen Vater, der Ihnen gegen Ihre Mutter half – woher wußte er das?? –, nicht wahr, jetzt kommen Sie zu mir. Das nennen wir Aufspaltung der Übertragung. Nicht wahr? – Eine wirklich brillante Deutung, ehrlich, wenn es nur Übertragung gewesen wäre. Hier jedoch hätte ich seine Hilfe gebraucht. So wie früher die des Vaters bei der Mutter. Und ich bin mir sicher, das ist jetzt nicht nur Übertragung.

Gegen Ende der Therapie hatte ich bei ihr auch Supervision von Therapien, die ich bereits durchführen durfte. Da bleibt mir eine Episode unvergeßlich: Ich berichtete von einem meiner Patienten, der während der Stunde aufstand, im Zimmer herumlief, weil er es nicht mehr anders aushielt. Was bekam ich da geraten? «Das nächste Mal ziehen Sie Ihren Mantel an und gehen dreimal um den Block!» Unglaublich! Ob ich nicht die Technik modifizieren könne, fragte ich, ihn sitzen lassen, im Gegenüber? «Sie wollen ihn agieren lassen?» In ihrem Gesicht stand pures Entsetzen. «Haben Sie Angst, es anzusprechen, darauf zu bestehen?» – Nein, Mitgefühl. – «Ach, das sind doch nur Ihre eigenen aggressiven Gehemmtheiten.» Sollte ich jetzt mit einer höheren Autorität kommen, mit Freud? Vor Beginn der Analyse schrieb er einer Patientin, der Schriftstellerin Doolittle: Ich bin entschlossen, für Sie Raum zu schaffen (er hatte keine freien Stunden). Ich denke gerne daran, daß ich Sie in wenigen Tagen hier sehen werde. Ihre Bücher werden mit mir auf Ihre Ankunft warten. Später überreichte er ihr gar in einer Stunde einen Blütenzweig, wie sie selbst in einem Buch berichtet. Das alles klingt sehr menschenfreundlich und beziehungsfördernd, scheint aber inzwischen mancherorts überholt zu sein. Vielleicht hätte sie das, selbst bei Freud noch, für agieren, des Analytikers diesmal, gehalten. Ich ließ es also bleiben, hatte ja alles doch keinen Sinn, ließ den Patienten sitzen, sprach es mit ihm durch und verschwieg das in der Supervision. Doch war bestätigt, was mir geblüht hätte, wenn ich ihre Anweisungen aus der ersten Stunde nicht brav befolgt hätte. Man kann nur erschüttert staunen, was es alles gibt.

Manchmal schnappt man zufällig etwas auf. Z. B. wie sie zu ihrem Mann sagte, sie habe genug Leute auf der Couch, um genau zu wissen, was am Institut gemunkelt werde. Die Couch des Analytikers als Abhöranlage. So hielt man es hier also mit der Schweigepflicht. Wovor mußten sie sich so mißtrauisch sichern? Waren sie von vor ihnen flach daliegenden Feinden umzingelt, die ein Komplott zu ihrer Entmachtung ausheckten, hinterrücks? Oder von einer elternmordenden Urhorde? Analysanden sollen keine Geheimnisse vor ihrem Analytiker haben. Sie saß an der Quelle der Geheimnisse aller. Doch was machte sie damit? Wie soll man da offen und ehrlich sein?

Das Tollste aber war, daß sie mir mit Ausschluß von der Ausbildung drohte, als ich eine, wie sie meinte, lebenswichtige Entscheidung treffen wollte. Lebenswichtige Entscheidungen, so sagte sie mir zu Beginn, sollen während der Dauer der Analyse nicht getroffen werden. Diese Empfehlung stammt von Freud und ist deshalb heilig. Übersehen wird dabei gerne, daß Freuds Analysen damals nur ein paar Wochen dauerten. Heute sind es mitunter zehn Jahre. Das war Erpressung, statt die Gefühle und Gründe für die Entscheidung zu beleuchten. Warum bin ich nicht endlich gegangen?

Zum einen hing mein Berufswunsch daran, zum andern hatte ich bereits eine Unmenge kostbare Zeit und viel, viel Geld investiert. Der eigentliche Grund dürfte aber gewesen sein, was unter ihrer geliebten Aufstiegsneurose lag, unten im Treibsand: mein altes Abhängigkeits-Trennungs-Problem aus Kinderzeiten, ein angepaßtes Objekt anderer sein zu müssen, ohne eigenen Willen, eigene Wünsche, einem eigenen Leben, eine Puppe, die man zum eigenen Bedarf herausholt, und wenn man genug von ihr hat, wieder in die Ecke auf die Couch legt, wo sie dann brav und leblos, wie eine Puppe eben zu sein pflegt, auf den Zauberer wartet, der sie zum Leben erweckt. Winnicott beschreibt die Entstehung krankhaft veränderten Lebens auf der Basis von Übergefügigkeit, wenn andere sagen, was man zu tun und zu lassen hat, und damit Spontaneität und Kreativität zerstören. Neurose wäre dann hilfloser Protest gegen das Unterworfenwerden unter einen fremden Willen. Hilfe zur Heilung der Neurose hofft man in einer Analyse zu finden. So weit wie möglich. Statt dessen wird man wieder nur einem starren System – und einer starren Behandlungsmethode – unterworfen.

Da muß es – das weiß ich heute – aus späterem, sehr schmerzlichem Durcherleben unbewußte Phantasien aus meiner Frühzeit gegeben haben, aus der Zeit mit meiner Mutter: sich trennen bringt einen von beiden oder beide um. Weshalb nicht auch die Therapeutin? Die schien ja auch Angst davor zu haben. Nun ist es vielleicht nicht so tragisch, daß sie mein Trennungsproblem nicht sah, obwohl ich ihr genügend dazu erzählt hatte. Trennungsprobleme können in Lehranalysen sowieso nicht aufgelöst werden. Man weiß von Beginn an, daß man seine Analytiker, wenn man will, ein Leben lang sehen kann, in Seminaren, Konferenzen, auf Festen. Es gibt keine Trennung, also auch kein Trennungsproblem, allenfalls eben in einem drin, und das wird so natürlich nicht gespürt und damit nie geklärt. All das hätte ich überhaupt erst fühlen können, wenn es zu einer intensiven Gefühlsbeziehung zwischen mir und ihr gekommen wäre, doch die hatten wir beide mit Erfolg verhindert.

Meine Frau wiederholte bei ihr auch ihre frühen Erfahrungen von zu Hause und ging in den Kampf, z. B. gegen diese Regeln. Wenn nun aber der/die Analytiker(in) mitstreitet, statt Licht ins Dunkel zu bringen, so daß man vielleicht nicht mehr dauernd streiten muß, dann ist das eben nicht in Ordnung, sondern ein Kunstfehler. Nun wollte sie zu jemand anderem wechseln. Das war ein Zeichen von mangelnder Reife, gar mangelnder seelischer Gesundheit. Ein uneinsichtiges Sichsträuben. Das Denkmal enthüllte seine Macht, sprach von Ängsten, Trotz gegen vermeintliches Unterwerfenmüssen, und fand wieder nur sich. Latente Thronräuber überall. Trotz Abhöranlage und vergitterten Fenstern. Stunden brachten wir mit Diskutieren zu. Tage- und nächtelang, über Wochen und Monate diskutierten wir, was zu tun sei. Ermüdende Ratlosigkeit breitete sich zwischen uns aus. Da wohnten wir schon im eigenen Haus. Bis ich es eines Nachts nicht mehr aushielt und sie, bei Vollmond und warmem Regen, in den Garten zog. Dort tanzten wir, nackt, wie wir waren, unter der Birke, und dann liebten wir uns. Am nächsten Morgen, die folgenden Tage und immer weiter ging die Diskussion bis zur Verzweiflung. Irgendwann hatte ich keine Lust mehr, und sie nahm mir das sehr übel.

Dann beendeten wir meine Analyse, in beidseitigem Einverständnis und in Rekordzeit, aber ohne Trauer und Abschiedsschmerz. Es gab nichts, worüber ich hätte trauern können. Wir waren uns nicht nahegekommen. Ich hätte trauern müssen um meine vergebliche Hoffnung, gesund zu werden. Aber davon wußte ich noch nichts. Sie hatte mir und sich bestätigt, ich sei jetzt soweit, und entließ mich. Durch das Vermeiden des Treibsands haben wir uns Schreckliches erspart: Vorwürfe, Aggressionen, Enttäuschungen, Selbstzweifel, Versagensgefühle oder ich mir gar – was vorkommen soll – die Diagnose: hoffnungsloser, nicht analysierbarer Fall. Wer weiß, vielleicht hätte ich es geglaubt, resigniert und mich aufgegeben. Innerhalb dieses absurden Systems, so denke ich heute immer noch, war mein Untertauchen und eine Fassade vorführen richtig. Ich bekam die Ausbildung und habe mich vor Verletzungen geschützt. Dafür zahlte ich einen hohen Preis: Der Treibsand blieb, und bald darauf geriet ich hinein.

Vielleicht hätte sie in der ersten Stunde nur die Regeln weglassen sollen und mir damit Freiraum für Entfaltung gegeben. Das dann vielleicht entstehende Chaos hätte sie wohl für Sachbeschädigung eines Zombies gehalten. Statt dessen haben wir zusammen einen grandiosen Bluff abgezogen. Frei nach Winnicott: «... daß Patient und Analytiker es gut haben, weil sie sich heimlich auf eine Neurosenanalyse geeinigt haben, während die Krankheit in Wahrheit psychotisch ist. Tatsächlich war der Fortschritt kein Fortschritt, es war ein Beispiel für einen Analytiker, der das Spiel des Patienten spielt, die Hauptsache aufzuschieben. Wer kann ihn anklagen? Es sei denn, daß es wirklich einen Analytiker geben sollte, der das Spiel ‹der psychotische Fisch an der sehr langen psychoneurotischen Leine› spielt und hofft, daß er durch irgendeinen Schicksalstrick den schlußendlichen Fang vermeiden kann, sei es durch den Zusammenbruch der finanziellen Mittel des Patienten oder durch den Tod des einen oder anderen Teils des Paares.» Fast wäre es mir passiert nach dieser Lehranalyse. Es ist alles so makaber. Gerade habe ich einen Artikel von ihr gefunden. Er beginnt mit: «Daß ich erkenne, was die Welt im Innersten zusammenhält! Das läßt

Goethe den an seinem Gelehrtentum verzweifelnden Faust ausrufen. Und sind wir nicht immer wieder in dieser Situation des verzweifelten Faust, wenn hinter jeder beantworteten Frage eine neue, noch schwierigere auftaucht?» Sollte sie doch gezweifelt haben, verzweifelt sein, ab und zu in ihren Lehranalysen? Ich weiß es nicht.

Da waren wir also; mit einem Kind, einem Haus und jeder Menge Probleme. Und unserer Hoffnung. Wir hofften nicht nur. Wir gingen dreimal die Woche hin und zahlten ein Vermögen. Bei meinem zweiten Lehranalytiker, ihrem Mann, setzten sich die Kunstfehler einer falschen Diagnose und damit einer falschen Behandlungsmethode weiter fort, um so erstaunlicher, als er wirklich ein Könner war. War er in der Falle? Hätte er jetzt, nach meinen fünf Jahren Lehranalyse bei seiner Frau, umschwenken sollen? Mich jetzt zur Therapie irgendwo außerhalb schicken, kurz vor dem Abschluß? Das hätte einen üblen Fehler im System aufgedeckt. Das größte Problem aber war dieser Lehranalytiker selbst. In den Richtlinien für die psychoanalytische Ausbildung findet sich der seltsam anmutende Satz: «Es ist ihre [der Ausbildungsstätte] Aufgabe, ein gutes Klima für die psychoanalytische Weiterbildung zu fördern.» Weshalb muß man eine Selbstverständlichkeit festschreiben?

Ich mußte zu diesem Mann, der mit uns allen an diesem Institut machte, was er wollte, weil er die Macht dazu hatte, der sich nehmen konnte, was oder wen er wollte, und der nichts davon zu wissen schien, daß Menschen Gefühle haben, die er verletzen konnte. Diesem Jäger war das Verletzen zur zweiten Natur geworden. Vielleicht aber war das Jagen seine Leidenschaft, weil ihm das Verletzen im Blut lag. Das Erlangen der Macht war sein Versuch, sich selbst unverletzlich zu machen. Die Kehrseite der Macht ist die Angst vor Machtverlust, Ohnmacht. Hier droht der seelische Tod. Das verlangt nach dauernden Beweisen von Stärke und eigener Lebendigkeit. Bereits Tränen und Trauer werden gefürchtet. Zynismus ist beliebt. Der größte Beweis für eigene Lebendigkeit ist der Tod anderer. Eine legale Möglichkeit ist die Jagd. Hier ist man immer Sieger, unbedroht der Bessere und der Überlebende. Herr über Leben und Tod. Grandios. Eine andere Möglichkeit ist die Liebe. Sie erfüllt mit Leben. Sie schenkt Fülle. Sie bringt Abhängigkeit und bedroht. Die Abhängigkeit von der Fülle und Lebendigkeit der anderen kränkt. Die Gefahr ist nicht gebannt. Die Angst kehrt wieder. Das Bedrohliche wird bekämpft, die Liebe wird bekämpft. Aus dem Herzen wird eine Mördergrube. Unbemerkt entfaltet sich Menschenverachtung.

Zu ihm sollte ich nun in Analyse gehen. Dieser Mann, der alles, was neu veröffentlicht wurde, schon vorher gewußt hatte, weil er den anderen die Anerkennung nicht gönnen konnte und Kollegen lächerlich machen mußte: «Uhrmacher, die sich mit Kleinigkeiten abgeben», oder «die Freudianer, die mit dem Penis in der Scheiße rühren». Seine wahre Größe bestand im Kleinmachen anderer. Mitleid hatte er nur für sich. Über seine zynischen Witze hatten wir verkrampft gelacht. Würdelos. Ich schäme mich heute noch. Genießerische Menschenverachtung pflegte er im Umgang mit seinen jeweiligen Geliebten: «Wie nennen wir das denn, was im Spiel ist, wenn eine junge Frau mit einem viel älteren Mann ein Verhältnis hat, nicht wahr, ja? Sie wissen das nicht? Sie, ja, nicht wahr, Sie gerade müßten das doch wissen. Weiß es jemand? Ja, richtig, nicht wahr, Ödipuskomplex. In Zukunft wissen auch Sie das. Nicht wahr?» – Die Macht der Liebe. Wie muß es erheben, für Demütigungen noch geliebt zu werden. Eine seiner Patientinnen nach der anderen machte er zu seiner

Geliebten. Um die Form zu wahren, schickte er sie zu einem Kollegen zur Weiterbehandlung. Das Thema war tabu, wurde totgeschwiegen. Allenfalls wurde nach dem Seminar bei einem Bier in kleinen Gruppen darüber gesprochen. Solidarisches Auftreten unterblieb wohlweislich.

Jetzt wurde ich zu ihm gegangen. So war es Sitte dort. Um «den letzten Schliff» zu bekommen. Steine schleift man. Unbelebtes. Auch Festungen werden geschliffen, soll heißen: dem Erdboden gleichgemacht. Keine Verhaltensregeln zu Beginn, Hoffnung auf mehr Freiheit keimte. Eine Art Lebenslauf sollte ich abgeben. Psychische Entwicklung, Angaben zu Kindheit, den Eltern, den Beziehungen dort und all so was, sechs bis acht Seiten, d. h., er hatte erste, deutliche Hinweise, was mit mir los war. Gab es etwa auch hier wieder das Serviettenproblem? Da lag sie auf dem Kissen und wartete schon darauf, mich mit Geraschel zu nerven. Ich nahm sie einfach weg – und nichts passierte. Vielleicht war hier mehr erlaubt? Dann mein Traum zur ersten Stunde. Der gilt als besonders wichtig, sozusagen das Programm für das Folgende. Da gab es noch deutlichere Hinweise, was mit mir los war. Eine unendlich lange Reihe von Kreuzen, entlang einem Weg durch die Wüste, bis an den Horizont. An jedes war ein Mensch genagelt, und alle brannten. Ein schauriger Alptraum. Beim Erzählen von Grauen geschüttelt, setzte ich mich. – Sie sitzen, nicht wahr. – Durch die Serviettenlösung ermutigt: Ja, das muß jetzt sein. – Versuchen Sie, im Liegen weiterzusprechen. – So, jetzt reichte es mir. Aus dem Grausen über den Traum wurde Wut über diese Stunde. Ich habe bei Freud gelesen, er ließ die Patienten liegen, weil er es nicht ertragen konnte, acht Stunden am Tag angestarrt zu werden, und seither machen alle und jetzt auch Sie ein Ritual daraus. Was soll denn das? – Dies ist eine Lehranalyse, nicht wahr, oder sind Sie Patient? – Hier wäre die richtige Spur gefunden gewesen. Keiner von uns beiden wollte sie verfolgen, und so legte ich mich wieder hin. Der Patient wurde der Methode angepaßt.

Dennoch hatte ich mehr Gefühle hier als bei ihr zuvor. Phantasien, mit ihm durch die Wälder und Felder zu streifen. Er sollte mir alles erklären und zeigen. Einen liebevollen Begleiter und Deuter der Welt wünschte ich mir. Alles, was mir gefehlt hatte. Welch eine Sehnsucht hatte ich danach. Ich wünschte mir so sehr einen väterlichen Freund, daß ich ihn liebte. Ach ...

Die Idealisierung bekam kleine Sprünge, als er 30 Stunden schwieg, nicht ein einziges Wort dazu. Ich versuchte mit allen möglichen Kniffs erfolglos, ihn zum Reden zu bringen. Zwar hatte ich schon gehört, daß er beim letzten Schliff das immer so machte, sein gekonntes Schweigen bewies mir also meine inzwischen erworbenen Fähigkeiten, und dennoch – ich litt. War ich wieder zu Hause? Mein Vater konnte noch viel besser schweigen. Ich war enttäuscht. Was wollte er mir zeigen mit dreißig Stunden Schweigen? Eine Erinnerung tauchte auf: nach dem Krieg, Nestlé-Trockenmilch. Ein karges Leben war das hier. Nun drehte ich den Spieß um und fragte: Sie schweigen?! Was geht in Ihnen vor? Schweigen. Noch ein Versuch. Von hinten kam die Stimme: Sie fragen mich, nicht wahr. Hurra, es gab Brosamen vom Tisch des Reichen. Das war's dann auch schon. Irgendwann sprach er wieder. Ich fühlte mich aber auch immer wieder verstanden, fand ihn einfühlsam und war begeistert von seinen Deutungen meiner Träume. Er war wirklich brillant.

Daran änderte sich auch nichts, wenn ich zu ihm mußte in seiner Funktion als Ausbildungsleiter, um meine Behandlungsberichte abzugeben oder zu fragen, ob ich einen weiteren Patienten behandeln dürfe oder, später, demnächst Examen machen könne. Hier war sie wieder, diese Vermischung von Abhängigkeiten und Analyse, Macht und Ohnmacht.

Wie Dr. Jekyll hatte dieser Mann zwei Seelen in seiner Brust, die unabhängig voneinander zu existieren schienen. Privat, bei Festen z. B., aber auch oft in der Analyse war er verständnisvoll, manchmal charmant, phantasievoll, faszinierend und brillierend, dann wieder, vor allem bei zartester Kritik, konnte er autoritär brüllen und hemmungslos seine Macht ausüben. Eine gewisse freigebige Noblesse übte er im Abkanzeln. Gleichzeitig war er gierig nach Bewunderung. So erzählte er gerne, daß ihn der in Jugoslawien erlegte Bär einen kleinen VW gekostet habe, auch seine Rolex hatte einen kleinen VW gekostet. Einige VWs hatte ich bezahlt mit meinem Stundenhonorar in der Hoffnung, heil zu werden. Wie seltsam, wir bezahlten und ernährten ihn, und doch war nicht er der Abhängige. Wir gehorchten ihm wie Kinder dem Patriarchen – Vater. Patron Patrone. Das Mittelalter war zurückgekehrt.

Ein Kunststück, die eine Seite dieses Mannes von seiner anderen zu trennen. Ich schaffte es. Ideale und Moral sind die besten Mittel, um das Loch zu stopfen, das man Seele nennt. – Das ist leider nicht von mir, sondern von Musils «Mann ohne Eigenschaften». Aber es paßt. Es erklärt meine Blindheit, meine Vertrauensseligkeit, meine Unterwerfung und meinen Untergang. Um mich nicht zu sehr schämen zu müssen, bleibt mir nur der Trost, daß es anderen nicht besser erging. Ein Vermögen gab ich aus für ein Vorbild. Wie sonst sollte ich mich mit meinem Vater innerlich aussöhnen, um mich als Mann wohl zu fühlen?

Eines Tages – im Vorraum, die Türe stand offen – wurde ich unfreiwilliger, aber gefesselter Zuhörer einer üblen Szene zwischen ihm und einem anderen Lehranalytiker.

«... mit Ihnen über Ihren Umgangsstil sprechen.»
«Wenn es Ihnen nicht paßt, müssen Sie gehen, nicht wahr.»
«... das meine ich. Schwer zu ertragen ...»
«... diskutiere doch nicht mit Ihnen, Sie. Nicht wahr. Gehen Sie doch. Wir brauchen Sie nicht.»
Machtkampf! Auge um Auge, Zahn um Zahn ...

Das machte angst. Wenn er schon einen angesehenen Lehranalytiker rausekeln konnte ... Es war übrigens der, zu dem ich am Anfang gern gegangen wäre. Auf dieser Couch war ich zeitweise sehr mutig. In der Stunde erzählte ich das Gehörte. Von hinten die Frage, wie ich es erlebt hatte. Von meinem plötzlich losen Mundwerk selbst völlig überrascht, platzte ich heraus, ich hielte ihn für ein autoritäres Arschloch. Das war nicht nur «Übertragung». Übertragung ist, wenn du Gefühle, die du zu den Eltern hattest, gegenüber deinem Analytiker hast, ohne dafür von ihm einen Grund zu bekommen.

Der Punkt aber war: Ich hatte einen wirklichen Grund. Ich phantasierte ihm nicht irgendwelche Züge meiner Eltern an, ich hatte ganz real etwas Übles, Ängstigendes gehört. Das wurde jetzt als meine Neurose analysiert. Nun ging es um die Verachtung gegenüber meinem Vater, und deshalb erlebe ich das jetzt auch gegenüber dem Analytiker. Deshalb sollte ich Arschloch gesagt haben. Ist das denn nicht zum Verzweifeln? Der tat so, als gebe es ihn gar nicht. Alle Gefühle des Couchlers sind nur Wiederholungen. Er behandelte das wirklich Gehörte, als sei es eine Phantasie. Wie sollte ich hier meine Verachtung gegenüber dem Vater und gegen mich selbst auflösen, wenn die Realität des Lehranalytikers zur Neurose des Auszubildenden erklärt wird? Er hätte vielleicht meine Wahrnehmung bestätigen sollen – ich weiß zwar nicht, wie, etwa: «Sie haben recht.»? – und sich dann darum kümmern, weshalb mir die Szene so wichtig war. Vielleicht wären wir dann darauf gekommen, daß ich um keinen Preis der Böse, Üble sein wollte und deshalb froh, ja geradezu begeistert war, das bei einem anderen zu entdecken. Von da aus wären wir dann schnell bei meinem schiefen Bild von bösem Vater und guter Mutter gelandet und damit bei den Spaltungen in der Familie und damit schlußendlich bei meinen eigenen. Diese Chance war total versiebt.

André Green (zitiert nach Beland) forderte 1975, der Analytiker müsse den Mut haben, den psychotischen Kern in sich selbst zu entdecken. Nur wer in seiner Analyse so weit gegangen ist, ist in der Lage, im Patienten jene psychotischen Abwehrmechanismen und archaischen Objektbeziehungen zu analysieren, ohne deren Bearbeitung keine Heilung zu erwarten ist. Schrecklich-schön wäre das gewesen und sehr nützlich fürs weitere Leben. Das genau geschah nicht, denn: Dieser Vorfall zeigt die Verletzung eines weiteren Essentials der Psychoanalyse, das besagt, daß zwischen Analytiker und Analysand keine Kontakte außerhalb der Behandlung bestehen dürfen, da sonst Phantasie jederzeit in Realität umschlagen kann – eine Situation, in der Analyse kaum denkbar ist. Im Rahmen des Institutes hat jeder mit jedem ständig vielfältigste Kontakte. So finden reale Wunscherfüllungen statt, aber auch Ängste bezüglich der Destruktivität des Analysepartners finden reale Bestätigung. Die Auflösung der Übertragung, Ziel jeder Psychoanalyse, ist damit nicht mehr möglich. Ist es nicht völlig absurd, daß gerade diejenigen, die die Psychoanalyse ausüben sollen, nur *eine* Analyse machen können, in der alle Grundprinzipien über Bord geworfen werden? Sicher ist eine Analyse notwendig, um Analytiker zu werden, aber weshalb nicht die beste, die es gibt, nämlich eine ganz normale außerhalb der Institute?

Nun auf der Suche nach empfindlichen Stellen schwätzte ich etwas von der Jagd mit dem Gewehr, der Waffe der Götter, Blitz, Donner und Schrecken verbreitend, die schon die südamerikanischen Indianer vor den weißen Göttern die Flucht ergreifen ließ, die Chancenlosigkeit von Rehen und Hasen, ob er es nicht, David gleich, einmal mit der Schleuder versuchen wolle, und empfahl ihm zum Schluß das kunstvolle und lautlose Bogenschießen. Statt nun zu fragen, ob ich ihn auf den Arm nehmen wolle und weshalb oder was das mit meiner Vaterbeziehung zu tun haben könnte, wurde auch er jetzt gesprächig, erzählte einiges über Chancengleichheit, Instinkt und Verstand, sich einfühlen in die Beute, sich konzentrieren auf das eine Ziel und all so was.

Auch hier war der Krieg, das Holzbein des Vaters, einer der Gründe für die Zerrüttung der Beziehung meiner Eltern und deren Folgen für meine Entwicklung, kein Thema. Einmal fragte ich, was er im Krieg gewesen sei. Ich hörte etwas über russische Gefangenschaft und wer dort unterging, aus welchen seelischen Gründen, und wer nicht, da seelisch gesund. Das mochte ja sein. Aber wie war es hier?

Ganz allmählich geschahen merkwürdige Dinge.

Dreimal nacheinander war ich zehn Minuten zu früh an der frischen Luft. «Letztes Mal haben Sie zehn Minuten zu früh Schluß gemacht.»

«So, und wie haben Sie das erlebt? Nicht wahr ...»

Und schon wieder war ich zu früh draußen. Dasselbe Spiel noch einmal.

«Ja nun, ich habe es nicht bemerkt, nicht wahr, was fällt Ihnen denn dazu ein, so in den Hut hinein?»

«Daß irgend etwas nicht stimmt. Und ich wüßte gerne, was. Was ist los mit Ihnen?»

Und siehe da, ein Wunder geschah. «Ja, wie gesagt, ich

habe es nicht bemerkt. Sie müssen mich an einem empfindlichen Punkt getroffen haben.» Ein Mensch saß hinter mir. Ich war begeistert.

Dennoch fragte ich mich, hatte ich ihn auch gelangweilt und angeödet mit meinem Untertauchen? So untergetaucht war ich bei ihm doch gar nicht. Auch er, Angst vor Treibsand? Hatte er Asche aufs Glatteis gestreut? Solch ein Künstler der Traumdeutung mußte doch etwas bemerkt haben. Weshalb kam es nicht auf den Tisch? Nächstes Mal war ich wieder zu früh draußen. Andrerseits konnte man mit ihm verhandeln. Die Stunden fingen regelmäßig mit fünfzehn Minuten Verspätung an. Das war schwierig, denn es war meine Mittagspause von der Arbeit. Häufig telefonierte er auch noch in den Stunden. Einmal zwanzig Minuten lang, sehr liebevoll, mit seiner Tochter. Ich protestierte, und er wollte die Zeit am Stundenende dranhängen. Ich schlug vor, pünktlich Schluß zu machen, damit ich pünktlich zu meiner Arbeitsstelle käme, und wollte nur die Hälfte bezahlen. Er war einverstanden, ohne langes Wenn und Aber und ohne rumzuanalysieren. Schließlich einigten wir uns, die Analyse zu beenden. Nach hundert Stunden durfte ich gehen. Höchst ungewöhnlich. War ich jetzt gesund?

Ich freute mich auf mein Examen und die Selbständigkeit. So ein Examen ist wirklich ein Wendepunkt im sozialen Leben. Zwar änderte sich nicht viel. Man hatte immer noch nichts zu melden. Aber jetzt nennt man das Loyalität. Wieder hatten alle Beteiligten gute Arbeit geleistet. Oder etwa nicht?

Irgendwann schien, trotz Dauerstreits, auch das Examen meiner Frau absehbar, und wir kauften ein Haus mit einem Garten. Ein Bach schlängelte sich hindurch, dabei ein kleiner Teich mit Pfeilkraut, Schwanenblumen, Seerosen. Morgens beim Aufwachen hörte man den Bach murmeln und die Birken rauschen. Wenn man abends am Teich saß und die Glühwürmchen leuchteten, kam ein Igel die Steinplatten heruntergetapst, ließ sich in den Teich plumpsen, schwamm ein paar Runden und trollte sich wieder. Hier lebten Kröten, Blindschleichen, Feuersalamander und Libellen. Wie im Paradies. Dazu ein großer Wintergarten mit Baumfarnen, Orchideen und Passionsblumen, die blühten und Früchte trugen. Ein Mann soll bekanntlich ein Kind zeugen, ein Haus bauen und einen Baum pflanzen. Alles paletti also mit uns beiden. Wir blickten frohgemut in die Zukunft. Als Motto für die nun kommende Zeit würde folgender Spruch von Kabir voll ins Schwarze treffen:

Wenn du jetzt nichts findest, endest du einfach
in einem Appartement in der Stadt der Toten.

Sie kam aus einer Supervision bei Dr. Jekyll nach Hause, wunderbar anzusehen in ihrem langen Sommerkleid und brauner Haut. Sie war still, unruhig, verlegen, verschwand schnell in ihrem Zimmer. Was war los? Ich bekam Angst, fragte, sie wich aus, ich fragte wieder. Sie wollte reden und konnte nicht, konnte einfach nicht. Stunden später heulte sie Sturzbäche.

Er hatte ihr ein Verhältnis vorgeschlagen. Unfaßbar. Sie wolle Supervision bei ihm, sonst nichts. So leicht gab er nicht auf. Das müsse sich doch nicht ausschließen. Ob sie ihm nicht zutraue, daß er das im Griff habe und beides auseinanderhalten könne. Im Klartext: Wenn es nach seinen Wünschen ginge, wollte er sie vernaschen und danach für eine Stunde Supervision, Kontrolle nannte er das treffend, hundert Mark kassieren. Ohne Zweifel und Skrupel. Oder beim festlichen Abschlußexamen, alle in feierlichem Schwarz, man hält ja auf Formen und Etikette: Er war mit ihr vorher im Bett und läßt sie dann durchfallen oder auch nicht, je nachdem.

Da war er wieder, der unstillbare Hunger nach Lebendigkeit und Liebe, nach Verletzung und Demütigung. Die Leidenschaft, das kalte, leere Herz mit Wärme zu füllen. Auf Jägerart. Diesem Mann – Vorbild, Ausbilder von zukünftigen Analytikern – hatte ich voll Vertrauen intime Dinge aus Ehe und Sexualleben erzählt. Auch hier wurde ich wieder nur benutzt. Wieder sollte eine Beziehung zerstört werden. Ich hatte ihn anscheinend scharf gemacht, bis ihm die Spucke im Munde zusammenlief. Und jetzt wollte er sie. Bei seiner Frau, da dürfe sie aufhören. Wenigstens hat er noch bemerkt, daß sie nicht gut bei seiner Frau auf der Couch liegen konnte und bei ihm im Bett. Das hätte Verwicklungen geben können, nicht wahr. Hatte er das zu bestimmen? War er allmächtiger Alleinherrscher? War niemand da, der ihm entgegentrat – diesem doppelgesichtigen, beutehungrigen Jäger?

Nein, er konnte machen, was er wollte. Einfach irre, das alles. Ein böser Traum mit Fortsetzung im Wachzustand. Gefühl von Irrealität.

Tagelang waren wir beide geschockt. Man muß sich das vorstellen: Sie ist bei seiner Frau auf der Couch und sagt: Ihr Mann will mich im Bett in die Mache nehmen. Was muß sich da abgespielt haben, hinter den Kulissen? Was mag der Kollege, bei dem sie dann in Analyse war, der ihre Scherben kitten sollte, wohl empfunden haben? Er war auch bei diesem Institutsleiter in Analyse gewesen.

Ich hatte wieder einmal das Böse nicht gesehen, wie früher bei meiner Mutter. Nicht richtig hinsehen – das hatte ich wahrhaftig perfekt gelernt. Idealisieren ist manchmal lebensgefährlich. Die Enttäuschung kann grenzenlos sein. In diesem speziellen Fall hier und ähnlichen lösen sich dann die

Grenzen auf, z. B. die zwischen Körper und Seele. Grausige Grenzverletzung.

Doch soweit ist es noch nicht. Gerade erst hat die Enttäuschung eingeschlagen. Dann hat man sich getäuscht, nicht wahr. Meine Vertrauensseligkeit war wieder am Werk gewesen. Mein Vertrauen, dieses kostbarste, schönste Geschenk, war mißbraucht worden. Dafür hatte ich ein kleines Vermögen bezahlt. Der wollte sie und Geld, wollte alles und gab nichts.

Das Puzzle fügte sich zu einem Ganzen.

Mein Gefühl damals, er wollte mich schnell loswerden – das zu frühe Beenden der Stunden, immer wieder, und das frühe Ende der Analyse –, war keine Täuschung gewesen.

Jetzt wußte ich, weshalb. Er wollte möglichst schnell mit meiner Frau ins Bett. Wie in einem Spinnennetz zogen sich schon lange die Fäden zusammen. Jetzt ging es mit mir bergab. Ich versuchte es irgendwie aufzuhalten. Enger zusammen wieder mit meiner Frau. Doch sie war auch fertig mit sich und der Welt. Ich saß stundenlang herum und grübelte: Was hatte ich mit dem allem zu tun? Was hatte das alles mit mir zu tun? Was war das für ein Fluch, der da über mir hing? Immer, wenn ich an etwas mein Herz hing, brach ein Unglück über mich herein. Was machte ich falsch, immer wieder? Oder suchte ich vergebens nach Gesetzmäßigkeiten? Ich war seit der Kindheit örtlich betäubt, angepaßt. War es das, was sie reizte? Sie wollten doch alle Anpassung, auch dieser Jäger. Ich hatte sie ihnen zum Geschenk gemacht. Aber sie wollten auch den Erfolg. Und beides geht nicht. Sie hatten sich in ihrer eigenen Schlinge gefangen. Ein erfolgloser Großer. Weckte das die Lust zur Zerstörung?

Unruhe machte sich breit, entfaltete sich zur Angst. Wo bei anderen das Herz sitzt, sitzt bei mir die Angst. Ich habe Angst, also bin ich. Nach Tagen erst kam die Wut. Noch nie hatte ich einen derart gewaltigen Haß erlebt. Mordlust gärte in meinem Herzen. «Mord ist gesünder als Selbstmord, nicht wahr», dröhnte diese Stimme in meinen Ohren ... Nun wurde aus meinem Herzen eine Mördergrube. In Tagträumen und Phantasien suchte sich die Wut einen Ausweg. In meinen fiebrigen Träumen verfolgte ich ihn tagelang, spürte ihm nach in seinem Jagdrevier, spionierte seine Gewohnheiten aus, wartete in seinem Jagdgebiet auf den Jäger, Tag und Nacht. Er jagte mit seiner Flinte, ich mit meinem Bogen. Der am besten Angepaßte setzt sich durch. Ab und zu tauchte ich auf, versuchte zu arbeiten, um danach wieder in einen neuen Tagtraum zu versinken. Ich phantasierte, Stunden über Stunden, die dennoch nicht vergingen:

Draußen war es noch dunkel. Die Tage waren wieder kürzer. Ich ging in den Keller, nahm aus der Nische zwischen Regal und Wand den Köcher mit den Pfeilen und den zweiteiligen, mannshohen Stahlbogen, legte alles in den Kofferraum und fuhr aus der Tiefgarage. Nach dreißig Minuten war ich in dem kleinen Tal, das auf beiden Seiten von Wald gesäumt ist. Ich hielt auf dem Waldparkplatz. Zur Rechten stieg das Gelände steil an. Dort oben lagen die Wallreste einer keltischen Stadt, und am Talausgang sah man den rebenbestandenen Ölberg mit seinen blauen Traubenhyazinthen und weißem, doldigem Milchstern und über dem Fluß die von diesem ausgewaschenen Kalksteinhöhlen, die schon in der Steinzeit den Jägern als Aufenthaltsort gedient hatten. Überm Wald ging, blaß noch vom Dunst des Morgens, die Sonne auf, und auf den Bergen lasteten dunkle, schwere Wolken. Aus dem Wald stiegen leichtere, hellere auf, wie Rauchwölkchen, und zogen, wie von den schwereren angezogen, höher und dockten oben an. Auf den Viehweiden lag tief eine Nebelschicht.
Ich ging die paar Steinstufen hinab zum Bach, gesäumt von verblühten Sumpfdotterblumen, vorbei an der Mariengrotte.

Ewige Lichter brannten, vertrocknete Heckenrosen und Wiesenblumen standen in Vasen und Konservendosen. Ich überquerte den Bach auf der schmalen, morschen Holzbrücke und ging ein kurzes Stück zwischen Äckern und Wiesen mit längst verblühten, dürren Margeriten, Glockenblumen und Lichtnelken. An den Ackerrändern stießen starre, dürre Disteln in den grauen Himmel. In Spinnennetzen hingen glitzernde Tropfen.

Im Talhintergrund steckte ich den Bogen zusammen und legte den Armschutz an, der den Aufprall der Sehne auf das Handgelenk dämpfen soll. Ich ließ die Bogensehne ein paarmal schnellen und lauschte dem Geräusch: ein helles, kurzes Knallen, überdeckt von einem tiefen, vibrierenden Brummen, das so seltsam ist, daß es das Herz ergreift. Es soll die Macht haben, böse Geister zu bannen. Ich suchte ein Ziel. Achtzig Meter entfernt stand am Wegrand ein Weidezaun. Die oberen Enden der Holzpfosten waren zum Schutz gegen die Witterung mit rostigen Konservendosen behängt. Ich spannte den Bogen, bis das Pfeilende die Lippen berührte, und ließ dann die Sehne los. Nachdem ich alle Pfeile verschossen hatte, ging ich zum Zaun. Das Blech der Dosen war von den Metallspitzen der Pfeile auf das Holz der Pfosten genagelt. Mit Mühe zog ich sie heraus. Dann änderte ich mehrfach die Entfernung zum Ziel. Nach einer Stunde ging ich in den Wald und suchte ein bewegliches Ziel zwischen Büschen und Bäumen. Fast absichtslos traf ich einen Bergfinken. Als ich zu ihm kam, war er tot. Winzige Blutstropfen, kleine, hellrote Perlen, zitterten auf dem orangeroten Federflaum der Kehle. Dann wieder qualvolle Stunden des Arbeitens, verzweifelte Versuche, dazusein, nur um aufs neue zu versinken in wüsten Phantasien.

Heute war ein kalter, trockener Tag. Es könnte eine klare Nacht geben. Ich hoffte auf Vollmond am wolkenlosen Himmel. Der Winter hatte den Herbst abgelöst. Braun verfärbtes Solidago, dessen Samen der Wind verweht, und Johanniskraut am Wegrand. Der Waldrand kam in Sicht. Es dämmerte. Der volle Mond tauchte über einer kleinen Kuppe auf. Irgendwo rief ein Käuzchen. Wenn ein Käuzchen ruft, stirbt ein Mensch, sagen die Leute. Geschichten aus Kinderzeiten. Aus einem Märchen? – Ich sah ein Bild vor mir: eine Reihe Kerzen, auf verschiedene Höhen heruntergebrannt, eine kurz vor dem Erlöschen. Jede ein Menschenleben. Ich hatte Angst gehabt, es könnte meine Kerze sein. Und irgendwie unpassend, ein kleines Bild in der Küche: ebenfalls ein brennende Kerze und der Spruch, in schnörkeliger Schrift, Vater hatte das gezeichnet: «Immer, wenn Du meinst, es geht nicht mehr, kommt von irgendwo ein kleines Lichtlein her.» Daneben hing der gekreuzigte Heiland. Beunruhigend.

In einem großen Bogen wollte ich mich der Lichtung nähern, um dann dort auf ihn zu warten. Ich stellte mich in den Schutz von Holunder und Weißdorn. Ein Neuntöter hatte auf den Dornen seinen Käfervorrat aufgespießt. Ich steckte den Bogen zusammen, zog den Armschutz an, nahm Pfeile und Bogen in die linke Hand und wollte losgehen zur entfernten Lichtung, wo sein Hochsitz stand. Da hörte ich plötzlich, völlig überrascht, das vertraute Motorgeräusch. Er kam mir entgegen. Die Wagentüre wurde geöffnet. Ein Hund sprang heraus und tobte bellend in meine Richtung. Aus zehn Metern Entfernung erschoß ich den Hund. Totenstille. Dann sah ich ihn im Mondlicht, nur dreißig Meter entfernt. Ich legte meinen zweiten Pfeil auf die Sehne. Wir standen uns genau gegenüber. Was würde er wohl erleben, in seinen letzten Sekunden? Lief wirklich das gesamte Leben wie in einem Film, im Zeitraffertempo, noch einmal vorüber? Vielleicht ein Aufflackern von Verstehen?

Er hob das Gewehr, langsam, in Augenhöhe. Er war argwöhnisch. Was war mit seinem Hund? Hatte er jetzt Angst? Wie hatte er immer gesagt? Der am besten Angepaßte ... ich mußte lachen. Der Jäger drehte den Kopf, als könne er so besser hören in der einfallenden Dunkelheit, ging zwei Schritte vor und rief: Ist da wer? Fast als hätte er Hoffnung, nicht allein zu bleiben. Ich spannte den Bogen, langsam hob ich ihn hoch, ließ die Sehne los und spürte sie hart gegen den Armschutz schlagen. Eine halbe Sekunde später tanzte er im bleichen Licht des vollen silbernen Mondes seinen letzten Tanz, anmutiger als je zuvor.

Er drehte sich, unendlich langsam, mit erhobenen Armen, einem Derwisch gleich, im Wunsch nach einer letzten, innigen Umarmung, und sank dann zwischen verdorrte Farnkräuter, verwelkten Aronstab, Türkenbund und Tollkirschen auf sein Bett aus Laub und Moos. Der Schnee breitete eine weiße Decke über ihn.

Doch was wäre postmordal? Ab ins Gefängnis? Wohin also mit der ohnmächtigen Wut? Ich schützte mich vor ihr, indem ich krank wurde. Die ungesündere Lösung? Was diese beiden übersehen hatten, diese Anpassungsdämme gegen die Angst, diese immer wieder geflickte Kruste, die tausendmal gestopften Löcher, zu viele Nahtstellen – sie brachen auf. Darunter war das erstickte, noch ängstigendere Leben in seinem Todes- und Überlebenskampf. Das Tor zur Hölle ging weit auf, man gestattete mir den Eintritt. Natürlich kann man jetzt, als Fachmann, viel dazu sagen. Eine wahre Fundgrube, ein preiswerter Wühltisch. Zugreifen! Über die Art meiner Macke, wie in der Kindheit hat sie sich entwickelt, wie sind die Zusammenhänge – eigentlich sind es ja Risse und Löcher –, weshalb gerade in dieser Situation erkrankt? Diagnose? Klarer Fall. Ganz sachlich kann man das betrachten und diskutieren. Wie aus dem Lehrbuch. Hier aber der verblüffend interessante Fall: Das alles nach sechshundert Stunden Lehranalyse. O Gott, warum hattest du mich verlassen?

Jetzt kroch ich meinem Untergang entgegen. Unaufhaltsam und sehr zielstrebig. Wie ein schwerverwundetes Tier in seiner Höhle Zuflucht sucht, um sich die Wunden zu lecken, die ihm der Jäger geschlagen hat. Wenn die inneren Schutzzäune brechen, gibt's vor dem eigenen Inneren kein Entrinnen mehr. Nur noch hoffnungsloses Treibenlassen. Die Arbeit wurde unerträglich. Verschüttet unter der Schutthalde meiner nicht entsorgten Abfälle, sollte ich mich in Menschen einfühlen, denen es schlechtging. Wenn wir nicht das Geld für dieses Haus und alles andere gebraucht hätten, hätte ich auf der Stelle aufgehört. Ich quälte mich durch die Therapiestunden, sah auf die Uhr, zwei Minuten waren um. Fünfzig Minuten waren Lichtjahre. Dann, endlich zu Ende, die nächsten fünfzig Minuten. Eine neue Sternenreise begann. Und immer so weiter. Endlos.

Irgendwo in mir ahnte ich ein großes schwarzes Loch, das mich anzog mit aller Kraft, kein Sträuben half da mehr. Ich hatte fürchterliche Angst vor dem, was da auf mich zukam. Etwas absolut Unheimliches und Grauenvolles. Ganz allmählich, Tag für Tag, Sekunde für Sekunde zerbröckelte ich. Wurde ich krank? Was wäre dann mit dem Haus, der Familie? Es durfte nichts passieren, ich mußte aushalten, mit dem Rest der Kräfte. Der seit je verbotene Haß – du bist aggressiv wie dein Vater, der dafür den Tod verdient – ließ nach. Auch an diesem Ort wäre er sinnlos, selbstvernichtend gewesen. Ich war ohnmächtig. Nun blieb mir nur noch die Depression. Das falsche Selbst war futsch, absolut, nichts war mehr übrig. Unter mir bröckelte der feste Boden. Angst nistete sich ein und füllte mich aus. Für dieses Gefühl gibt es kein Wort. Horror pur? Alles andere wurde völlig gleichgültig: Hobbies, Kino, Theater, Beziehungen sogar. Weltweite Lustlosigkeit.

Es gab keine Freude mehr, kein Lachen, nur noch finsterste Stille und im Zentrum gleißende Angst. Der Garten existierte nicht mehr, das Leben erlosch. Das Ende der Welt war gekommen. Therapiestunden sagte ich immer öfter ab. Dieses verglimmende Häufchen Elend ertrug es nicht mehr, im Blickfeld von Menschen zu sein, die zu ihm kamen, weil sie Hilfe brauchten. Meine Lust war gestorben, Sexualität gab es nicht mehr, alle Triebe versiegten. Beim Anblick von Essen wurde mir kotzübel. Ich nahm ab von Tag zu Tag.

Morgens sich zu waschen war eine Riesenmühe. Sich ins Bad zu schleppen, dann alle diese bisher so selbstverständlichen Handgriffe – Zahnpasta auf die Zahnbürste – immerhin noch zu spüren: ein Geschmack nach Zahnpasta, Reste sinnlicher Empfindung, sahnigen Rasierschaum ins Gesicht, abtrocknen, anziehen. Unendlich mühsam und völlig sinnlos. Waschen sich Sterbende? Wenn ja, wozu? Ich war so allein mit mir und meinem Elend, sicher inzwischen unsichtbar für alle, wer sah so etwas denn noch? Wozu das alles noch, wozu?

Ich hatte ein Kind. Was für ein Vater. So einer war ja völlig unzumutbar, Schamgefühle, Schuldgefühle. Dünnhäutiges Weichtier: Zurückweisung beim Knuddeln hätte ich nicht überlebt. Außerdem brauchte ich jeden letzten Rest von Kraft zum Durchhalten. Ich hatte nichts mehr zu verschenken. Ich war nur noch erschöpft. Alles tat weh.

In meinen Träumen war dieser Körper eine einzige, große, offene Wunde, ein vergrößertes Abbild der erlebten Verletzungen. Die Wunde fing an zu faulen. Wundbrand? Zermürbende Nachtmahre zerrieben immer häufiger die letzten Kräfte. Morgens wachte ich auf, hatte Angst vor dem Tag, noch mehr aber vor der Nacht und ihren Träumen. Ich wollte nicht mehr schlafen. In den Schreckenskammern der Nacht operierte ich mich: Chirurg und Patient in einem. Nutzlose Versuche der Selbstheilung. Die kranke Seele tat ihr möglichstes. Herztransplantationen, Nierentransplantationen. Nacht für Nacht. Nach und nach wurde jedes Organ ausgetauscht. Ströme von Blut flossen. Grauenvoll. Es sollte aufhören. Aufhören. Aufhören. Ich murmelte es, stöhnte es, schrie es. Erfolglos. Ich wollte sterben.

In den Träumen schien es noch Hoffnung zu geben, daß das Kranke in mir noch zu retten war. Ich operierte Nacht für Nacht. Morgens war ich völlig erschöpft. Im Traum sah ich meinen Körper, tiefe Löcher in Bauch oder Brust.

Ich las in Medizinbüchern, um herauszufinden, was ich da oder dort gerade spürte, was da stach oder drückte. Jetzt hatte ich einen Tumor, Krebs, vergiftetes Blut oder Leukämie. Es gibt viele Krankheiten, und manche beginnen mit Schlaflosigkeit, Gewichtsverlust, sexueller Unlust, Erschöpfung, nächtlichem Schwitzen. Ich hatte sie alle, eine nach der andern.

Alles in mir war kaputt. Es war die Hölle. Was eigentlich hatte ich verbrochen, um dahin zu kommen? Wofür bezahlte ich jetzt? Außer dieser Angst existierte nichts mehr. Es gab keinen Sonnenaufgang, keinen Sonnenuntergang und keine Jahreszeiten. Die Welt war grau geworden und kalt. Eine Eiszeit begann. Alles Leben erfror unter der Eisdecke, erstarrte, wurde spröde, gläsern, zersprang klirrend. Wieso hörte das niemand und erklärte es mir endlich? Diese Angst war im Brennpunkt meiner ganzen Aufmerksamkeit. Ich beobachtete sie wie einen Feind, jede ihrer Bewegungen, ihr Anschwellen und Abschwellen.

Absolut überzeugt, totkrank zu sein, rannte ich von Arzt zu Arzt. Die fanden nichts. Ich hatte eine neue Krankheit. Ganz sicher. Irgendwo in mir mußte etwas Gefährliches,

Tödliches sein. Sie fanden es nur noch nicht. Die Angst war meine treuste Begleiterin, meine schreckliche Gefährtin. Es gab keine Sekunde mehr, in der ich allein war. Sie war immer bei mir. Sie hütete mich wie eine Mutter ihr Kind. Und ich sie. Die Ärzte suchten nicht mehr dort, wo meine beiden Analytiker mir bestätigt hatten, daß ich jetzt völlig in Ordnung sei. Glaubte ich denen denn immer noch? Ich lockte sie immer wieder auf die falsche Spur, zu meinem Körper, doch hier war nichts zu finden. Nur die Wahl des Todes war noch frei. Damit könnte man die Angst beenden. Was hielt mich zurück? Was nur? Die Seele zerfiel, zerbröselte, verwitterte, wurde zu Sand, und den wehte der Wind weg. Ich war ein Zombie geworden.

Niemand weiß so gut wie ich, was das ist: ein Zombie. Ich machte mit allerletzter Anstrengung immer noch, was sein mußte. Die Arbeit, ein paar andere Pflichten im Haus, raffte mich ab und zu auf, mit meiner Tochter etwas zu unternehmen, mechanisch. Mit ungeheurer Kraftanstrengung funktionierte ich noch, aber das war nicht mehr ich. Ich mauerte mich ein in der leeren Festung meiner Entmutigung. Irgend etwas arbeitete, machte Besuche mit bei den Großeltern, war dabei, saß, aß, sprach, antwortete auf Fragen. Ein Automat. Nichts von allem hat Bedeutung, nichts davon bin ICH. ER horcht in sich hinein, der Zombie-Automat, während er antwortet, versucht einen kleinen Schmerz, nur irgend etwas, was noch Leben anzeigt in diesem Körper, zu spüren. Und wenn er die Spur verfolgt und das fieberhaft Gesuchte aufstöbert, überflutet ihn die Panik. Er hört nichts mehr, sagt irgend etwas. Irgendwie paßt es sogar, das, was er sagt. Täuschung gelungen, Herr Automat.

Ansonsten war ich leer bis auf den Grund. Völlig hohl, schon tote Hülle. Nur mein Geist saß da und antwortete. Ein lebender Toter. Von einem Toten kann man nichts erwarten.

Er ist jenseits von Gut und Böse, von Pflichten und Verantwortung, von Anerkennung und Ablehnung. Von mir wurde
immer noch etwas erwartet. Wie überaus seltsam. Woher
nahm ich noch die Kraft, diese Flutwelle von Angst zu erzeu-
gen? Ein unermüdliches Kraftwerk. Die Panik floß aus mir
heraus, wie Blut aus einer Wunde, überschwemmte mich und
dann die ganze Welt. Dann müßte es ja bald ein Ende haben.
Der Panische Ozean: Nirgendwo mehr Festland, kein noch
so kleines Atoll in einem Meer von Angst. Oder wurden alle
Gefühle umgewandelt in Panik?

Eines Tages gelang dem Zombie eine Entdeckung. Wenn
er sich am Tag ins Bett legte, die Läden herunterließ, im Dunkeln lag, unter der Decke, schlief er ein, traumlos, in Sekun-
denschnelle. Ein Zombie-Kind, das im Mutterleib vor sich
hinstirbt, eingerollt, langsam an irgendeiner Vergiftung. Immer weniger zappelt und zuckt. Sich irgendwie selbst absor-
biert. Bis endlich alles weg ist. So hatte ich Ruhe gefunden.
Ich schlief von da an in jeder freien Minute. Wenn der Zombie frei hatte, schlief er. Wenn er wieder aufwachte, ging er
immer gebückter, niedergedrückt von der Schwerkraft eines
fremden Planeten. Bekam graue Haare und Falten. Alterte
man hier schneller? Mutterseelenallein im Weltraum. Eine
erlöschende Sonne, die vor Zeiten einmal gestrahlt hatte. Er-
kaltend, rissig, erstarrt. Chemische Vorgänge beendet.

Da wurde ich wirklich krank. So um Weihnachten herum.
Ich konnte nichts mehr schlucken. Sogar Flüssiges machte
Schmerzen. Hohes Fieber. Ich ging zum Hausarzt. Versuchte,
einen ruhigen Eindruck zu machen, Mensch zu spielen. Fiel
nicht auf. Der Hausarzt meinte, es sei der roteste und entzün-
detste Hals, den er je gesehen hatte. Penicillin, und in einer
Woche ist alles wieder in Ordnung. Optimist, der. Er war ein
guter Arzt, ein freundlicher Mann. Ich kannte ihn seit Jahren.

Ich bekam immer häufiger Infektionen. Auch ein Nachbar war Arzt. Einschläfernder Anästhesist an der Uniklinik. Er riet zu einer Untersuchung beim Spezialisten in der Hämatologie. Da müsse was mit dem Immunsystem nicht in Ordnung sein.

Montag früh, acht Uhr. Der Zombie saß in der Ambulanz, inmitten einer kranken Menschenmenge. Einige hatten keine Haare mehr. Krebs. Und wieder Verbände. Und wieder dieser Geruch. Entsetzen. Kalter Schweiß. Augen zu. Gespräche über Krankheiten. Weghören. Sich reduzieren auf einen Punkt. Versammeln im Zentrum der Angst. Unsichtbar werden. Der Lebenssaft war vergiftet. Das war sicher. Rote und weiße Blutkörperchen fraßen sich auf in den Adern und Organen, bis keines mehr übrig sein würde. Endlich wäre Ruhe. Hier waren Spezialisten, vielleicht gab es noch Hoffnung. Endlich Könner, für den Körper zuständig. Vielleicht konnten sie den Zerfall doch noch aufhalten. Wenn die andern, die für die Seele Zuständigen, schon nicht hatten helfen können. Die den Tod in mir nicht entdeckt hatten, der in mir geschlummert hatte und der aufgewacht war, durch einen gedankenlosen Fußtritt, irgendwann vor Jahrhunderten, als meine Frau nach Hause kam, verstört ... Risse taten sich auf in diesem versteinernden Körper und der erstarrten Seele. Platten verschoben sich, brachten alles zum Beben und Erzittern. Blut quoll heraus, nachts. Erstarrte tags. Verkrustete und bröckelte erneut. Ließ Ablagerungen von Angst zurück. Datierbare Schichten, Tag für Tag, Woche für Woche. Seit Jahrtausenden.

Der Zombie saß in der Ambulanz, und ihn grauste. Er war eiskalt, wollte schlafen. Immer. Hoffte doch, die fänden es. Was? Irgendwann, nach Jahrzehnten, kam er an die Reihe. Endlich. Personalien: Name? Geburtsdatum? Wer um Himmels willen war er? Dann röntgen, abhören, Blutdruck mes-

sen. Bauch abtasten, Rücken abtasten. Spürte er da etwas
auf seiner Haut? Haut hatte er also noch. Man konnte sie
berühren. War nicht abgestoßen von seinem Schuppenpanzer. Ferne Erinnerungen an warme, weiche, duftende Haut,
Haare, klebrige Säfte, ein anderes, glücklicheres, aber verlo-
renes Stöhnen und Seufzen. Ein fremder Traum nur aus einem vergangenen Leben. Um mich kümmerte sich jemand,
berührte mich, war interessiert. Ein freundlicher Arzt, rück-
sichtsvoll, behutsam. Schwestern, die Blut abzapften. Es gab
also noch Frauen. Drei Tage warten. Nach der seelischen
Zerstückelung nun die körperliche? Drei Tage warten in
Zombie-Land. Wo keiner mehr ist. Menschenleeres Nie-
mandsland. Einsamer kann man nicht sein. Nach drei Tagen
neue Untersuchungen: Ultraschall, EKG, wieder Blut abzap-
fen. Geräte, Messungen, Kurven. Der Körper an Maschinen:
Organe signalisieren graphisch Leben. Schwarz auf weiß. Immer noch.

Der ärztliche Erfindungsgeist ist unerschöpflich. Wir müssen noch mal die Leberwerte bestimmen, da gab's einen Fehler im Labor. Wenn die stimmen würden, wären Sie schon
tot. Sah dieser freundlich lächelnde Mann denn nicht, daß er
einen Toten vor sich hatte? Weshalb war er nicht entsetzt?
Leberwerte, Fettwerte, Blutwerte. Immer neue Werte. Hatte
das alles hier denn einen Wert? Wo kam denn das ganze Blut
noch her, das die hier abzapften? War doch längst ausgelau-
fen, nachts in den Träumen. Der Zombie durfte nach Hause.
In einer Woche wiederkommen. Neue Untersuchungen. Mineralwasser trinken, ein Flasche, dann alle paar Minuten
pinkeln und es abgeben. Wozu das? Nierenuntersuchung.
Clearing. Aha. Jetzt hatten sie es entdeckt. Ich hatte doch
meine kaputten Nieren im Traum gesehen und sie selbst ope-
riert. Eine Woche warten. Der Arzt versteckte schnell seinen
Aschenbecher in der Schreibtischschublade, es roch nach

Rauch. Wie seltsam, ich roch noch etwas. Kalte Asche. Auch hier. Überall. Hinsetzen. Was kommt jetzt? Er fragte nach allerlei: Appetit? Sexualleben? Alles Null. Bedenkliches Angeschautwerden, Stirnrunzeln, ungläubig fragend hochgezogene Augenbrauenbögen. Falte dazwischen. Was sollte das? Sexualleben? Dazu braucht man einen Penis. Zum Essen einen Mund und Zähne. Das sind Teile des Körpers. Verstand er denn nichts? Alles blutkrank. In Fäulnis übergegangen, längst abgestorben. Ob ich Psychopharmaka nehme? Auf diese Idee war bisher niemand gekommen. Bei all der Panik nicht. Unvorstellbar. Als Psychoanalytiker nimmt man keine. Wozu auch? Man ist ja okay. Hat so was nicht nötig. Diese Fragen. Irgendwie taten sie gut.

Dieser warmherzige Arzt hatte etwas aufgeweckt. Einen Funken Hoffnung? Nun sollte ich mich in diesem Arztzimmer auf die Couch legen. Eine neue Untersuchung. Fetzen von Erinnerungen tauchten aus dem Nebel auf, an eine andere Couch. Dieser hier, würde er mich retten aus meinem Fegefeuer? Mein Vater fiel mir ein, wie ich ihn gesehen hatte, in seinem Sarg. Friedlich. Ich legte mich neben ihn. So nah waren wir uns nie zuvor. Der Arzt erklärte alles, sachlich, ruhig und freundlich. Er drängte nicht und schwieg nicht. Mein Sternalmark wollte er. Das befinde sich im Brustbein, Sternum. Hatte ich so was, Sternalmark? Brustbein? War das der helle Fleck, gleich einer explodierenden Supernova, den ich auf dem Röntgenbild gesehen hatte, zwischen der Schraffur der Rippenbögen, darunter die dunklen Schatten der Lungenflügel, nachtfaltergleich? Inmitten all der Sternnebel und Sternhaufen meines erloschenen, grauen Firmaments. Es würde nicht weh tun, die Stelle sei schmerzunempfindlich. Was spielte denn das für eine Rolle? Enttäuscht würde er sein, wenn er nichts fände. Noch einer, den ich enttäuschte. Was dann? Mein Mark war schon lange ausgemergelt. Allenfalls noch mikroskopische Reste trockener Klümpchen. Meine Knochen nur noch leere, hohle Röhren, brüchiger Kalk. Unbrauchbar zu allem. Es gebe nur ein saugendes Gefühl, wenn er das Mark aus dem Knochen ziehe. Ich hatte als Kind gerne Mark aus Knochen geschlotzt. Der Vater auch, sagte, das gebe Kraft.

Was wollte er mit dem Mark? Wenn noch etwas davon da wäre, könnte er es haben.

Was suchte er denn eigentlich in mir seit Jahrhunderten? Was gab es denn da Interessantes? Wofür all diese Zeit und Mühe? Kein Mensch sucht nach nichts. Sind Scheintote so selten? Gab es ein Geheimnis in meinem Körper? Oder wollte er sehen, ob noch etwas von mir wiederverwertbar wäre? Der Zombie gab sich einen Ruck, und siehe: Lippen und Zunge funktionierten noch, bewegten sich, formten Laute, Fragen, unter Anstrengung. Mit dem Blut sei etwas nicht in Ordnung: So gut wie keine Gammaglobuline, das Abwehrsystem auf Null. Da sei noch etwas, den Namen vergessen in den Jahrhunderten seither, sehr selten, wenig bekannt, nur ein paar Fälle in der Literatur. Man müsse das weiter abklären und ob er anfangen könne. Fragte tatsächlich, mich, diesen Wehrlosen, nahm sich's nicht einfach. Er zeigte mir das Instrument, korkenzieherähnlich. Genau in der Brustmitte, am Treffpunkt der Rippenbögen, fing er an zu bohren. Durch den Schuppenpanzer hindurch, der alles noch zusammenhielt, und dann in das sich auflösende, poröse Kalkgerüst. Ich spürte nichts. Jetzt kam das saugende Gefühl.

Kein erstaunt-erschreckter Laut. Der Arzt schien etwas gefunden zu haben. Ich konnte aufstehen und mich anziehen. Dann sagte er noch, er brauche Blut, von Mutter und Schwester. Ja, das wollte ich ihm beschaffen, gar keine Frage. Vielleicht waren alle krank. Außer dem Vater, der war ja tot. Und wieder mal nicht da, jetzt, wo ich ihn so dringend brauchte.

Was hatte der Arzt gesagt? Seltener Fall, wenig bekannt in der Literatur, Blut von Mutter und Schwester. Der Zombie tauchte auf aus seinem Dämmerschlaf. Irgendwoher aus dem leeren Raum kam ein winziger Gedanke, kam immer näher und wurde deutlicher: Will er eine wissenschaftliche Arbeit schreiben? Immer noch überzeugt, ich müsse etwas Schlimmes in mir haben, fing ich an, mich zu wehren. Seit Wochen ging das jetzt schon, und jedesmal fühlte ich mich noch elender, wenn ich dahin kam und all diese Menschen sah, meine kranken Geschwister, wie in einem Spiegel. Was würden sie mir am Schluß herausschneiden, falls es nicht überhaupt zu spät war? Welche Organe waren eigentlich lebensnotwendig?

Der nächste Termin sollte in einer Woche sein. Ich krabbelte in meinem riesigen, randlosen Loch herum, ohne Silberstreifen am Horizont, auf der Suche nach dem Licht in tiefschwarzer Nacht. Mit Panik in einer leeren Hülle, wie sollte das gehen? Meine Abwehr war also auf Null, ich war Null, körperlich und geistig Null. Welche Gehirnteile braucht man zum Denken? Waren die noch in Funktion? Ich war in diesen Wochen tausend Jahre älter geworden, da vergaß man alles sofort wieder. Was war denn da in mir Gefährlich – Schlimmes und Kaputtes? Vielleicht auch schon Totes und nie mehr zu erwecken. War ich wieder am falschen Ort, bei den falschen Leuten? Wenn ja, diesmal würde ich gehen können. Nicht wie früher ... Aber woher sollte ich das wissen? Weshalb hatten die zwei für die Seele Zuständigen und der hier, Kenner des Körpers, nichts gefunden? Ein Himmelreich für eine Erklärung.

Etwas keimte in mir. Ein Scheintoter fing an zu zucken, klopfte zaghaft gegen seinen Sarg. Ich war gestorben und lebte wieder. Ich kratzte an dieser dicken Schale aus Angst, Wut und Trauer und wollte raus. Und da sah ich wieder diese Libellenlarve. In jenem vergangenen Leben hatte ich beobachtet, wie die Larve aus dem Wasser auf ein Pfeilkrautblatt krabbelte, dort minutenlang verharrte, wie dann die schmutziggraue Larvenhülle sich dehnte, bis sie aufplatzte, und sich unendlich mühsam eine Libelle herauswand, sich von der Anstrengung erholte, sich in Schönheit entfaltete und endlich schwirrend davonflog, schillernd im Sonnenlicht. Eine zweite Geburt in einen neuen Zustand. Metamorphose. Verwandlung. Zauberei. In so einer Hülle war ich gefangen gewesen, die ganze Kindheit hindurch, ein ganzes Leben lang. Ich war dumm geworden, um nicht verstehen zu müssen, was um mich herum vorging, was da umging: der Tod. Kein Sensenmann. Eine Liebe versprechende, lockende Muttergöttin, auf die ich immer wieder zugegangen war, hoffnungsvoll, sehnsüchtig, blind. Der siamesische Zwilling, sie/ich sollte sich nicht von mir/ihr abtrennen, es wäre für sie/mich tödlich gewesen. Da war es besser gewesen, auf Entfaltung zu verzichten, um wenigstens das nackte Leben zu retten.

In diese Klinik ging ich nicht mehr. Was ich genau fühlte und dachte, weiß ich nicht mehr. Es war ein einziges Hin und Her, Wenn und Aber, eine ewige Woche lang. Ich war, alles in allem, zwei Jahre lang weggestorben und über ein Jahr lebendig in mir begraben gewesen. Was konnte mir noch passieren? Ich hatte überlebt, mich und meine Mutter, und diese Psychoanalytiker, die ich eingeatmet hatte und die in mir gefressen hatten, vereint mit meinem Haß, an meinen Organen. Die Angst wurde fast erträglich. Irgendwo in mir fing etwas an, aufzublühen, stieß mühsam durch die Eisdecke.

Nachdem ich mich dazu durchgerungen hatte, nicht weiter zu den Untersuchungen in die Klinik zu gehen, wollte ich mir Hilfe suchen. Ich weiß nicht, wo ich das Vertrauen noch einmal hernahm. Vielleicht hatte ich in meiner Kindheit lernen können, nie aufzugeben, immer wieder von vorne anzufangen. Resignation ist mir ziemlich fremd. Im Grund meines

Herzens bin ich ein Kämpfertyp. Gerade versank ich wieder in ein übles Tief und fürchtete schon, alles ginge wieder von vorne los. Die Suche wurde eine Odyssee. Wartezeiten von einem Jahr. Eine Absage nach der anderen. Es war zum Verrücktwerden.

Endlich erfuhr ich von einem neu zugezogenen Kollegen, der noch Plätze frei hatte. Nach zwei Vorgesprächen sagte er mir, er habe zwar einen Therapieplatz frei, fahre jetzt aber erst mal sechs Wochen in Urlaub. Ich war unglaublich sauer, als hätte er meinetwegen seinen Urlaub verschieben sollen. Sechs Wochen später brachte ich ein seidenes Kissen mit. Seins, mit seinem grob gehäkelten Überzug, erinnerte mich zu sehr an zu Hause und sah so kratzig aus. Ich saß auf der rauhen Sandsteintreppe, deren Stufen in der Mitte in langen Zeiten von vielen Füßen ausgetreten worden waren, unter einem Busch samtroter Kletterrosen, mein Kissen in den Händen, und wartete auf ihn. Er hatte Verspätung, fünfzehn Minuten. Nach sechs Wochen. Endlich kam er und lächelte mich an. Ich war auf der Hut, hatte ich doch genug Mist erlebt und mit meiner Vertrauensseligkeit oft genug Schiffbruch erlitten.

Ich kann mich noch sehr gut an das Gebrüll meines Lehranalytikers erinnern, als er von dieser Therapie erfuhr. Einerseits verständlich. Es muß eine narzißtische Kränkung für ihn gewesen sein. Da war einer bei ihm in Analyse gewesen und war nicht gesund geworden. Nun ist es bekannt, daß die gar nicht so seltenen Zweit- oder Drittanalysen nach Ausbildungsabschluß gerne geheimgehalten werden. Irgendwie scheint es peinlich zu sein, als Analytiker mit Gesundheitsbescheinigung doch nicht ganz heil zu sein. Das Geheimhalten hat einen Vorteil für die Institute: Sie können den Mythos ihrer Effektivität weiter pflegen.

Eine Zeitlang ging alles gut. Trotz der häufig vorkommenden Unterbrechungen wegen Tagungen, Vorträgen, Urlauben und seinen üblichen Verspätungen. Vor seinem nächsten Urlaub meinte er, so als symbolische Verbindung würde er mir gerne etwas von sich mitgeben und ob ich ihm etwas dalassen wolle. Also brachte ich etwas mit, an dem mein Herz hing. Er stellte es oben auf den Türrahmen, und da stand eine ganze Sammlung von Dingen. Das gefiel mir nicht. Mir gab er einen aus Ton modellierten Kopf mit. Ich hatte die ganzen vier Wochen Angst, das Ding könnte zu Bruch gehen. Ich packte es gar nicht erst aus. Es sollte mich mit seiner Anwesenheit nicht an seine Abwesenheit erinnern.

Ich war sauer, als er zurückkam. Ich wollte sein einziger Liebling sein und ihn immer um mich haben. Er interessierte sich für meine Hobbies. Ich hatte damals gerade ein Buch über Schwarzwaldmineralien begonnen und machte jede Menge REM- und Makroaufnahmen. Das hat mich damals richtig aufgestellt. Er wollte die Dias sehen. Ich brachte alles mit in die Stunde: Projektor, Leinwand, Dias. Jedem aufrechten Analytiker sträuben sich hier die Haare. Mir tat's gut. Was ich die ganze Kindheit hindurch vermißt hatte, Interesse an mir, gemeinsames Tun – hier bekam ich es.

Ich brachte Eiskonfekt mit und mampfte mit Genuß. Es war herrlich. Als er auch etwas wollte, sagte ich nein. Aß alles selber auf. Mit der Verpackung bombardierte ich ihn, und er schoß zurück. Es immer nur den anderen recht machen, sein, wie die mich wollten, mein Kindheitsmotto – damit war jetzt erst mal Schluß. Ich wollte selbst entscheiden, wo es lang ging. Übertrieb auch hin und wieder.

An einem schönen Sommertag fragte er, ob wir die Stunde draußen machen könnten, in den Liegestühlen, bei den Rosen. Ich dachte ja und sagte nein. Ich war eine einzige Absage. Ein leuchtendes Nein. Oft hatte ich eine Mordswut. Wenn ich zur Türe reinkam, erschöpft und gebückt von der Last der Welt, und er kam mir entgegen und ahmte mich nach, hätte ich ihn verprügeln können. Ich jammerte, ich sei am Ende und er mache sich lustig. Er sah einen Stier mit zum Angriff geneigten Hörnern durch die Türe ins Zimmer stampfen. Einmal brachte ich eine Tüte von diesen harten Zitronenbonbons mit, und statt sie zu lutschen, zermalmte ich sie zwischen den Backenzähnen. Es krachte nur so. Er lachte und suchte den Dinosaurus. Mir gefiel das alles. So schwach, wie ich mich fühlte, konnte ich nicht sein. Meine Kraft kehrte wieder. Als müsse sie nur einer spüren und ihr einen Namen geben, und schon spüre ich sie auch wieder. In mir muß eine unbändige Energie gewesen sein, die ich immer bremste, weil sie mir angst machte. Als könne sie andere vernichten.

Der, der da allmählich auftauchte, ich, der war mir völlig fremd. Alles in allem gefiel er mir gar nicht schlecht. Einmal wickelte er seine Füße in eine Decke, konnte gar nicht fertig werden mit Sicheinmummeln, und ich fragte ihn, ob er kalte Füße bekäme. Er bestätigte es.

Ein anderes Mal aß er eine Ritter Sport: quadratisch, praktisch, gut. Ich fragte, was das nun wieder solle. Er meinte, so wie ich ihn heute beanspruche, müsse er jetzt was Gutes für sich tun. Er gab mir nichts ab. Eines Tages kam ich zur Türe rein und fing an zu heulen, setzte die Couch unter Wasser, konnte und wollte auch gar nicht damit aufhören. Auch in den nächsten Sitzungen lag ich auf dem Bauch auf der Couch und heulte mein Seidenkissen voll. Tränkte es mit Rotz und Salzwasser. Vor einem Jahr war ich noch ein kalter Aschehaufen gewesen. Ich erbrach das Gift von vierzig Jahren. Meine Tränen speisten Katarakte. Ich fühlte mich immer lebendiger, fiel aber immer wieder ins Leere. Schlimme Wechselbäder.

Ungutes fing allmählich an, sich sachte einzuschleichen. Dieser Mann liegt irgendwie mit der Psychoanalyse im Krieg. Seine Leidenschaft ist Körpertherapie. Ich habe nichts dagegen, aber mir mußte keiner mehr sagen, was für mich gut ist. Nie mehr will ich hören: Ich will ja nur Ihr Bestes. Genau damit fing er jetzt an. Wieso ich auf der Couch festklebe? Nicht in seine Knautschsäcke wolle? Mich auf der Couch verstecke? Stundenlang. Wieder einer, dem man es recht machen sollte? Zuerst protestierte ich sanft. Meine Krankheitsängste, die Operationsträume ... Vielleicht wäre es gut für mich: Körpertherapie. Er war davon begeistert. Ich sollte auch begeistert sein. Unter mir ächzte und quietschte jetzt ein Knautschsack, gab keinen Halt, rutschte dauernd weg und verhinderte jegliches Sichaufrichten. Noch immer gab er keine Ruhe. Sie nützen ja diesen Raum nicht für sich. Sitzen da und erforschen ihn nicht.

Ich habe viel Respekt vor anderer Leute Dinge. Schon immer. Ein Stoffkrokodil blinzelte mir zu. Öffnete das zahnbewehrte Maul. Ich legte meine Hand in seinen Rachen. Er moserte mich an: Derart roh mit Dingen umzugehen, an denen er hänge. Ich war im Innersten verletzt und maßlos empört. Jetzt hatte ich versucht, es recht zu machen, halbherzig, linkisch vielleicht, und nun war es wieder nicht recht, grob gar. Ich hätte platzen können vor Wut. Endlich spürte ich sie, es war besser, als wieder depressiv zu werden. Doch was jetzt? Ich wußte nicht mehr ein und aus. Was war so schlimm gewesen? Das Krokodil lebte doch noch. Es gähnte verstohlen. Ich war immer noch wütend. Ob es sein könne, daß er spinne? Das Krokodil verfolgte ein paar Stunden kopfschüttelnd unseren Streit, hielt sich raus und schwieg gekonnt. Lediglich Stilfragen seien das und kein Grund für meine Wut, meinte er. Ich Spinner regte mich also völlig unnötig auf. Sollte der Spinner endgültig diese Styroporlandschaft, bevölkert von mimosenhaften Krokodilen, verlassen? Schallendes Lachen. Er nahm's wohl nicht ernst. Ich war noch saurer.

Dann doch wieder erneute Arbeitsversuche. Ein Vorfall mit meiner Frau. Voller Überzeugung, mies behandelt worden zu sein, Bestätigung heischend, kam ich an. Wenn einer mies sein soll, bitte nicht ich. Was hörte ich da? Wenn ich Ihre Frau wäre, ich hätte es genauso gemacht. Ich war also der Fiesling? Sollte ich diesen Verbündeten der Mutter aus dem Fenster werfen? Er lachte nur. Wo bleibt die Loyalität? Die ich, bei meiner Mutter, doch immer hatte aufbringen müssen. Der Herr des Stoffkrokodils gibt meiner Mutter recht. Allmählich kam ich wieder zur Besinnung, sah meinen Teil am häuslichen Clinch und an dem hier. Auch ein Krokodil ist nur ein Mensch, mit Grenzen im Ertragen. Wie du und ich. Ich ertrug mich ja selbst kaum. Entweder war ich ein angepaßter Langweiler, wenn das von mir erwartet wurde, oder, wie hier im Zoo, endlich ein wilder, ab und zu schon charmanter Chaot, immer wieder gefüllt mit entleerender Wut. Oder ich verirrte mich im dichtesten Nebel, wußte nicht mehr, um was es ging, wußte überhaupt nichts mehr. Ob ich meine Nebelmaschine angeworfen hätte, damit ich und niemand mehr sehe, was in mir los sei?

Oh, gütiger Herr des Himmels, nicht schon wieder. Es ging alles von vorne los, er gab einfach nicht auf: Ob ich zu feige sei, herumzukrabbeln und wie ein Baby zu lallen? Haben Sie Schamgefühle? Bin ich Ihre Mutter? Weshalb wollen Sie das Beste, was ich zu geben habe, nicht annehmen? Klar schäme ich mich, wenn ich sabbernd und lallend herumkrabble. Aber darum geht es nicht. Sondern muß ich sollen müssen wollen? Oder darf ich endlich mal selbst entscheiden, was ich möchte? Wo bin ich eigentlich hier? Zu Hause? Jetzt kam er mir wahrhaftig mit Übertragung, Verwechslung von früher mit jetzt, zu Hause mit hier. Zum Wahnsinnigwerden. Mein

Gott, nun bin ich selber Psychoanalytiker und ein erwachsener Mensch. An Herumkrabbeln, Sabbern und Lallen finde ich einfach keinen Gefallen. Schon gar nicht, wenn ich wollen soll. Das könnte ich nur in besoffenem Zustand. Das muß nicht sein.

War ich im Dschungel der Gefühle einem Missionar begegnet, der aus Christen Heiden machen wollte? Käme ich demnächst in den Suppentopf? Oder ins Heim? Oder zu den armen Seelen ins Fegefeuer? Wut, lodernde Wut, übergehend in Dämmerschlaf, dann in völlige Leere, immer wieder, stundenlang. Erste Überlegungen, abzubrechen. Hier könnte ich gehen. Doch was dann? War ich schon stark genug, um zurechtzukommen? Kopfschmerzen und Schluckbeschwerden. Verständnisvoll meinte er, wenn man mich hätte vergiften wollen, würde ich auch nicht schlucken. Aber das Problem lag jetzt hier. Nur was war es genau? Ich verstand nichts. Welch ein harter, zäher Brocken ich doch war. Sich meldende Zweifel: Sträubte ich mich aus Angst, mich lächerlich zu machen? Verpatzte ich eine Chance? Sollte ich ihm zuliebe krabbeln und lallen? Das nächste wäre vielleicht die Windeln vollkacken.

Wie es euch gefällt. Hatte ich das nicht jahrelang in meiner Lehranalyse durchexerziert? War das nicht die ganze Kindheit durch so gelaufen? Es war zum Verrücktwerden. Dachte ich es mir nicht gerade? Ideenreicher Herr des Spielzimmers, unerschöpflich ist dein Vorrat. Ob ich vielleicht lieber unter seinen Schreibtisch kriechen und von dort aus Guguck da mit ihm spielen wolle? Dein Wille geschehe. Dann habe ich endlich Ruhe, hoffe ich, also hockte ich zusammengekauert in dieser engen, dunklen Höhle. Schnell wieder ins Licht zurück. Nein. Schluß jetzt, ein für allemal! Endgültig. Selbstaufgabe ist ein zu hoher Preis für Zuwendung. Das ist jetzt unsere letzte Chance, uns in Freiheit zu finden, mein väterlicher Lehrer. Hast nicht du mir erklärt, liebevoll und geduldig, wie Balsam waren deine Worte, die Entstehung allen Übels. Weltbetrachtung durch die Augen der Mutter, Vateropfer, wunschlose Selbstaufgabe für das Almosen karger Zuwendung. Hat nun meine Mutter auch von dir machtvoll Besitz ergriffen? Vollbringst du nun ihr Werk? Erblindet. Zumindest einäugig. Wir brauchen Supervision. Hier läuft etwas schief.

Ach, was für ein Unsinn. Nur eine Verwechslung, ein Wahn. Und erneut, und wieder und wieder: gemeinsames, zähes Ringen um eigene Entfaltung, ohne es recht machen zu müssen, ohne Verlust von Selbstachtung und Nächstenliebe. Bitte laß uns Hilfe holen, verstrickt, wie wir sind im Gestrüpp der Kletten und Tollkirschen, die Augen voll Belladonna. Ein Helfer tut uns not, mit klaren Augen, der uns den Weg zeigt. Nein! Nein? Umsonst das Flehen, vergebens das Werben? Wäre er zufrieden, wenn ich, schweißgebadet mich auf der Couch wälzend, ein Geburtstrauma inszeniere? Ich kann nicht. Oh, mein Gott, was ist das nur, daß mir immer alles schiefgeht? Kann ich denn mit niemandem auskommen? Bin ich zu bockig? Will ich immer nur haben und nichts geben? Einsam werde ich mein Leben verbringen, bis ans Ende der Tage, wenn ich nicht auf die Knie gehe. Zurück in den Schrecken eines neuen, wenn auch bunteren Kokons? Lieber ein Ende mit Schrecken als ein Schrecken ohne Ende? Das Kämpfen und Ringen hatte mich stärker gemacht.

Genau an meinem Geburtstag beendete ich das erfolgreiche Suchen, das in eine Sackgasse geraten war. Außer dem Gefühl, es gab einigen Quatsch, das Missionieren eben, gab er mir alles in allem mehr Gutes. Er war für mich gut genug gewesen. Mehr kann man auch von einem Analytiker nicht verlangen. Ich war damals mehr in Sorge, ob er damit klarkäme. Aber irgendwie würde er das schon schaffen. Heute denke ich, daß ich ihn mit meinem Gejammere, meinen Ängsten vor Krankheiten auch verführt habe, mir immer wieder mit Körpertherapie zu kommen, um dann mit dem Gefühl der Berechtigung dagegen angehen zu können. Denn daß ich ihn brauchte, war damals für mich schon schlimm genug.

Seit ich diese Erfahrung und meinen Anteil daran auch noch eine Zeitlang durchgearbeitet habe – seitdem geht es mir nun recht gut in meinem Leben. Diese Freiheit, einfach zu sein, wie man wirklich ist, ist wunderbar. Es ist fast solch eine tiefgreifende Lebenskrise wert. Das System dieser Ausbildung aber, mit dauernder Kontrolle, Anpassung, Unterwerfung und Machtmißbrauch ist ein schreckliches System. Es spuckt zu viele Unglückliche, Verbitterte und Resignierte aus. Erzähle mir also keiner, ich sei ein Einzelfall – so schön es auch sein mag, etwas Einzigartiges zu sein.

Mitunter kommen mir die Erlebnisse noch dezent in die Quere. Einiges an Arbeit ist in letzter Zeit liegengeblieben. Ich muß einen Kassenantrag schreiben. Wann würde mir der Gutachter eine Karte schicken, der Antrag sei zu lang und was die Fachausdrücke sollen. Jahrelang Erlebtes sitzt tief, nicht wahr. Ich erinnere mich, ich hatte meinen ersten Bericht über meine erste Behandlung, die ich machen durfte, dem Institutsleiter abgegeben. Wurde der Bericht von ihm akzeptiert, könnte ich die nächste Sprosse auf der Leiter in Richtung Examen hochsteigen. Der unumschränkte Herrscher über das Institut blätterte kurz darin und hob an einer Stelle seine buschigen Augenbrauen, so, als sei er maßlos erschüttert: «Was ist das denn, das hier, nicht wahr? Wir benutzen keine Fachausdrücke. Hier ist aber einer.» Dann ging er über zur letzten Seite, sah oben die Seitenzahl, 9, und fand den Bericht zu lang.

Manchmal waren ihm fünfzehn Seiten zu kurz, und das

Fehlen von Fachausdrücken wurde bemängelt. «Nehmen Sie das wieder mit, kürzer und ohne Fachausdrücke, nicht wahr. Bitte!» Eine Bitte als Befehl. Kunstvoll. Das nenne ich Kreativitätstraining. Fünf bis zehn Jahre lang mehrmals die Woche diese Behandlung. Gehirnwäsche. Keine eigene Meinung, kein eigenes Denken, schon gar keine Kritik. «Wir haben das schon immer so gemacht.» Nur kein Abweichen vom Schema 08/15. Auch hier wieder Macht und Ohnmacht, Anpassung und Unterwerfung.

In den Fachgesellschaften wird seit Jahrzehnten der Mangel an psychoanalytischer Forschung beklagt. Wie kann man forschen, wenn jede neue Idee verdächtig ist? So schädigt dieses System am Ende sich selbst. Ein paar Kollegen, die ihr Examen schon in der Tasche hatten und deshalb weniger gefährdet waren, probten einst einen sanften Aufstand. Sie hatten ein Papier abgegeben, ein paar Vorschläge, z. B. den Vorstand des Instituts jährlich zu wählen. Am selben Abend war eine Versammlung, und der Ausbildungsleiter kam herein, dieses Papier zwischen Daumen und Zeigefinger, als sei es benutztes Klopapier: «Nicht wahr, wir wollen das jetzt zusammen durchgehen, als sei es ein Traum, wie in einem Traumseminar, einfach mal in den Hut hinein, nicht wahr. Was meinen Sie dazu, ja Sie da?» Und der zweite Vorsitzende meinte: «Das gibt ein Schlachtfest.»

Schweine schlachtet man. Waren wir das in ihren Augen? Jetzt begann ein Fest ekstatischer Destruktivität, tobend, drohend, brüllend. Die Verwandlung von Ohnmacht in Allmacht. Sie feierten mit Lust: «Sie können ja gehen, wenn es Ihnen nicht paßt hier. Nicht wahr.»

Dazu ein Einfall. Ein Ethnologe fragt: Wenn das Volk mit seinem König nicht mehr zufrieden ist, ihn nicht mehr will, kann es ihn dann absetzen? Der Eingeborene: Das nicht. Es geht niemand mehr an seinen Hof. Dort sitzt er allein. Ein

König, zu dem niemand mehr geht. Was kann er tun? Er ist kein König mehr. Weshalb standen wir jetzt nicht auf und gingen? Was hielt uns hier?

Die Erklärung liegt in den systemimmanenten Mängeln der Lehranalyse. Die durch dauernde Kontrolle während der Ausbildung aufrechterhaltene Anpassung, die durch die Vermischung von innerer und realer Abhängigkeit zementiert wird, verhindert es, sich zu wehren. Dazu kommt das nicht aufgelöste Trennungsproblem, so daß Trennungsängste weiter bestehen. Man hält lieber den Schnabel, als gehen zu müssen oder rauszufliegen. Indem als Strohhalm gegen die Unterwerfung Idealisierungen aufgebaut werden, kann Ärger oder Wut nicht zugelassen werden. Sie rumoren beunruhigend im Untergrund und müssen immer weiter blockiert werden. An diesem Beispiel zeigt sich, wozu dieses System gut ist und weshalb es nicht geändert wird. Es erhält die Macht der Hierarchie.

Sie können ja gehen! Noch kam Widerstand. Da vollzog sich ein neue Verwandlung: ein paranoider Mensch zeigte seine höchste Not. Der Kopf mit der Silberkrone senkte sich, die Gestalt im dunkelblauen Anzug beugte sich, verbeugte sich vor ihrer Ohnmacht. Noch einmal ging ein Ruck durch den Körper, er straffte sich, Räuspern, Papiere ordnen, Finger trommeln auf den Tisch.

– Wo bleibt Ihre Loyalität? –

Hier herrschte Stille, endlose, quälende Stille. Alle waren wir gut trainiert im Ertragen von Schweigen. Seine Augen suchten jeden einzelnen von uns. Er fand darin seine bröckelnde Basis, in sich und um sich. Jetzt konnte ihn nur noch eines retten: das Geständnis seiner Abhängigkeit von uns. Uns alle hätte nur retten können das Eingeständnis der

Abhängigkeit aller von allen. Jeder hier war Produkt und Produzent der Verhältnisse. Noch immer wanderten seine grauen Augen von einem zum andern. Noch immer einsame Stille. Da füllten sich seine Augen mit Tränen. Plötzlich senkte sich eine Glocke von Peinlichkeit und Schuld über alle. Es war vorbei. Man einigte sich, alles zu lassen, wie es war.

Am Biertisch danach und anderswo sprach man: Steter Tropfen höhlt den Stein. Ewig kann er ja nicht leben.

Er konnte weiterhin in Seminaren plötzlich sein imaginäres Gewehr an sein Jägerauge reißen, einen Punkt an der Decke fixieren und so die Kunst des Tontaubenschießens erklären. Es war kein schöner Abend, und es kam nichts dabei heraus. Auch nicht bei der nächsten Möglichkeit, Demokratie einzuführen. Irgendwie, vielleicht durch den steten Tropfen, kam es doch dazu, daß der Vorstand gewählt wurde. Etwa zwanzig Analytiker, alle durch ihn ausgebildet, waren wahlberechtigt. Von diesen zwanzig Stimmen, seine/ihre inklusive, bekam er – neunzehn. Jetzt ging es um ihre Wahl. Sie war Wahlleiterin, sammelte die Zettel ein, zählte die Stimmen aus und las vor. Jetzt bin ich gespannt, sagte sie, ob der mit dem Bleistift wieder mit Nein gestimmt hat. Ich war nicht gespannt. Ich wußte es. Das war diese geheime Wahl. Wir wählten uns, inzwischen äußerlich nicht mehr abhängig, unsere Unterdrücker selbst. Das ganze System taugt nur zur Vermeidung von Ohnmachtserlebnissen bei den Mächtigen und zur Vermeidung von Risiken, Angst und Schuldgefühlen bei den anderen.

Wie war dieser Mann nur so geworden?

Darüber weiß ich fast nichts. Man weiß nicht sehr viel von seinem Analytiker. Doch eine Sache hat er immer wieder erzählt. Daß sein Vater, immer wenn er mit einer tollen Idee stolz zu ihm kam, sagte: Ja, ja, das ist ja alles gut und schön,

aber das kannst du alles schon bei Goethe nachlesen. Und
daß sein jüngerer Bruder ihm immer vorgezogen wurde. So
wurde er gelähmt und angestachelt zugleich, ein ganz Großer
zu werden, und hatte doch immer Angst. Nun gut, das war
sein Problem. Doch mußte es sein, daß andere darunter derart litten in ihrer Entwicklung, aber auch in ihrer Ausbildung?

Er ist vor ein paar Jahren gestorben. Es kursiert das Gerücht, seine Frau habe ihn exhumieren lassen. Mein Gehirn
weigert sich trotz allem, was ich erlebt habe, sich das vorzu-
stellen. Weshalb eigentlich? Habe ich noch immer Illusionen?
Das wäre doch wirklich eine zu schlimme Parallele: Wenn er
tot ist, machen wir's uns schön. Ich war dir keine gute Frau
… streuen wir deine Asche auf Glatteis. Mörderisch das eine
wie das andere. Wie zwei nahezu identische Folien, überein-
anderliegend: Kindheit und Ausbildung. Eltern und Analytiker.

Ist's Einbildung? Verfälschte Wahrnehmung? Einfach nur
so in den Hut hineingeredet, auf Grund frühster Erfahrungen? Ein Wahn gar? Ach, was soll's.

Nachbetrachtung

«Es ist alles gedacht – warum handeln wir nicht?»

Meine Erfahrungen liegen über ein Jahrzehnt zurück. Wurde seither gehandelt? Hat sich etwas geändert? Seit Jahrzehnten existiert eine Fülle von Fachliteratur mit Kritik und Verbesserungsvorschlägen. Zuletzt wurden 1990 auf der Jahrestagung des Fachverbandes nach ausführlicher Untersuchung der Mißstände Vorschläge zur Verbesserung gemacht.

Die Lehranalysen und die Lehranalytiker bleiben bis heute außerhalb der wissenschaftlichen Kritik. Ihre Arbeit und ihr Einfluß wird nicht untersucht. Statt dessen kommt es zu Bekehrungen. Schon H. Sachs, Kernberg u. a. hatten einen Vergleich mit dem Noviziat der Kirche gezogen. In Seminaren wird kaum jemals über Behandlungen von Lehranalytikern berichtet, sondern nur von den Ausbildungsteilnehmern, denen dann gezeigt wird, wie man es eben nicht macht. Man lernt am negativen Beispiel. Kreativität wird abgewürgt, Idealisierungen wiederum gefördert. Die Lehranalyse könnte verkürzt werden auf etwa dreihundert Stunden, wenn davor *eine vom Institut unabhängig erfolgte* therapeutische Behandlung gemacht wird. Die theoretische Ausbildung könnte gleichzeitig beginnen. Analyse solle ausbildungsbegleitend sein, so heißt es bisher in den Richtlinien, damit der Kandidat seine persönlichen Probleme, die sich in der Konfrontation mit seinem Patienten verstärken können und sich auf dessen Behandlung auswirken, in seiner Analyse mit seinem Lehranalytiker klären könne. Weshalb soll er das nicht in der Supervision auch können?

Schön und gut, nur wer soll das weshalb ändern, endlich, wenn es doch im Sinn des Systems liegt, alles zu lassen, wie es ist? Die Institute bewegen sich nicht.

Kritik, ja auch Protest sind also weiterhin notwendig. Laut Watzlawick sind Lösungen im Hinblick auf eine sich ständig reproduzierende Wiederholungsbewegung mit längst etabliertem kritischem Potential nur von außerhalb eines recht und schlecht funktionierenden Systems zu erwarten. Kritik, die innerhalb bleibt und nichts ändert, gibt es wirklich inzwischen mehr als genug. Deshalb wollte ich einen Erlebnisbericht geben, Protest üben und die Notlage der Betroffenen sichtbar und deutlich machen, die sich aus den Mängeln dieses Systems ergibt, die der Anfänger nicht durchschauen und verstehen kann, sondern in die er nichtsahnend hineingerät. So blieb mir nur der Weg, die Erfahrungen mit diesem System exemplarisch an Personen dingfest zu machen. Doch auch sie hatten eine Erziehung und offensichtlich schwierige, verstörende Beziehungen. Auch sie werden sich Hilfe und Heilung erhofft haben in ihrer Analyse. Auch ihre Hoffnungen sind enttäuscht worden. Auch sie haben ihre Traumata in ihren Analysen noch einmal wiederholen müssen. Hier habe ich Verständnis wie für Mitbetroffene. Auch habe ich die eine Seite dieses Mannes sehr gemocht, ihn für seine Kenntnisse bewundert und von ihm gelernt. Sicher war es auch eine schwierige Aufgabe, zunächst ohne Hilfe ein Ausbildungsinstitut aus dem Nichts zu schaffen und damit zur Autoritätsfigur und Projektionsfläche für die Gefühle der Dazukommenden zu werden. Welch eine Chance hätte hier liegen können. Sie wurde vertan, verspielt. Er hat sich nicht um Herstellung und Durchführung der geltenden Richtlinien bemüht; er hat denen, die abhängig von ihm waren, keinen Schutz gegen das System gegeben. Hier beißt sich die Katze in den Schwanz. Ich hoffe, ich habe klarmachen können,

auch diese beiden waren Opfer dieses Systems. Soll es für alle
Zeiten so weitergehen?

Lehranalyse und Macht

NACHWORT VON PROF. DR. JOHANNES CREMERIUS

* Diesem Nachwort liegt die von Johannes Cremerius überarbeitete und verkürzte Fassung seines Zeitschriftenbeitrages «Lehranalyse und Macht» zugrunde, erschienen in: Forum der Psychoanalyse (1989, 5:190– 208) © Springer-Verlag 1989.

Gern komme ich dem Wunsch des Autors nach, seinem vorliegenden Buch meinen Text als eine Art Nachwort hinzuzufügen, gewissermaßen als erläuternde Auseinandersetzung mit den Hintergründen.

Ich möchte damit erneut auf die prinzipiellen Schwierigkeiten der psychoanalytischen Ausbildung aufmerksam machen, die mit der «Lehranalyse in der Institution» verbunden sind, ja erst durch sie entstehen. Sie entstehen dadurch, daß die Lehranalyse eine «Pseudoanalyse», eine «wilde Analyse» (A. Freud, 1976) ist. Aufgrund ihrer Mängel kann sie ihr Ziel, die Aufhebung unbewußter infantiler Bindungen, die Selbstaufklärung des Analysanden, nicht leisten. Wie gering sie ist, zeigt das Schweigen der Kandidaten über ihre Erfahrungen in der Lehranalyse. In den 22 Jahren zwischen 1974 und heute sind mir nur fünf Veröffentlichungen bekannt geworden, in denen darüber kritisch berichtet wurde: 1. Moser, «Lehrjahre auf der Couch» (1974), der, soviel ich weiß, die Reihe eröffnete; D. von Drigalski, «Blumen auf Granit» (1979); Speier (1983); Buzzone et al. (1985) und Blaya-Perez (1986).

Seit 1937, dem Jahr, in dem Anna Freud erstmalig – ich denke, im Einvernehmen mit dem Vater – ihre Kritik an der Lehranalyse vortrug, ist dies der Tenor ihrer Kritik. Daß sie, seitdem, immer wieder von ihr und anderen namhaften Analytikern, darunter Präsidenten der Internationalen Psychoanalytischen Vereinigung, vorgetragen, wirkungslos blieb, daß sich in den psychoanalytischen Ausbildungsinstituten, gleich welcher Couleur, kaum etwas am Ausbildungssystem verändert hat, läßt darauf schließen, daß hier starke Gegenkräfte am Werk sind. Machterhalt mit Hilfe einer Ausbildungsmethode, die sich der Conversion (Klauber, 1980) zur Erreichung ihres Zieles, «begeisterte Proselyten zu machen» (Balint, 1947), bedient, ist eine der stärksten unter ihnen.

Man verstehe die Psychoanalyse immer noch am besten, wenn man ihre Entstehung und Entwicklung verfolge, erklärt Freud 1922 (1923 a, S. 211). Hier ist Skepsis gefragt. Wieviel historische Treue kann man von denen erwarten, die ihre Geschichte selber schreiben? Unterliegen sie nicht denselben Mechanismen der Verdrängung, des Wunschdenkens und der Idealisierung wie unsere Patienten, wenn sie die Geschichte ihres Lebens erzählen? Wie schnell vermischen sich dann Dichtung und Wahrheit. Am Ende sieht man sich im Selbstporträt so, wie man sich sehen will.

Freud hat mit dieser tendenziösen Geschichtsschreibung angefangen. Es mutet alttestamentarisch an, wie er sich selbst, mythisch überhöht, den Jüngern in der Gestalt des einsamen, von allen verfolgten Helden präsentiert. Bis zu dem Zeitpunkt, wo Forscher von draußen die Geschichte der Psychoanalyse zu schreiben begannen, haben die Schüler und Anhänger des Meisters auf dem Wege der von Freud begonnenen Geschichtsschreibung weitergemacht. Jones ist ein eindrucksvolles Beispiel dafür. Wie selbst kritische Köpfe auf diesen Weg geraten können, zeigt das Beispiel Eisslers. Bei der Schilderung der sich langsam entwickelnden Entfremdung zwischen Freud und Jung übersieht er die Bedeutung der Provokation, die darin gelegen hat, daß Jung, zu der Zeit noch Präsident der IPV, von Freud nicht in das geheime Komitee der Siegelringträger eingeladen wurde.

In dieser hauseigenen Geschichtsschreibung wird die Institutionalisierung der Psychoanalyse als eine Notwendigkeit dargestellt. Sie solle dem psychoanalytischen Wissen in einer Organisationsform Legitimität verschaffen. De facto war das Ziel ein ganz anderes, nämlich der Aufbau einer internationalen machtpolitischen Organisation. Die Geschichte dieses Machtstrebens ist die verschwiegene Geschichte der IPV, und sie ist eine verschwiegene Geschichte, weil sie eine beschämende Geschichte ist. Das Beschämende liegt in dem Preis, den Freud und viele seiner Anhänger für jeden weiteren Schritt auf diesem Wege zu zahlen bereit waren.

Ich will versuchen zu zeigen, wie die psychoanalytische Ausbildung und ihr Kernstück, die Lehranalyse, in der psychoanalytischen Bewegung zum Instrument der Machtpolitik werden, wie der machtpolitische Zweck der psychoanalytischen Bewegung auch hier die Mittel heiligt: die Lehranalyse wird zu einem Unterwerfungsritual und zur Indoktrination umfunktioniert. Ich werde also den Mythos der institutionalisierten Psychoanalyse, sie biete Ausbildungsmöglichkeiten in Psychoanalyse an und sei der Ort des wissenschaftlichen Diskurses, durch Realität ersetzen. Es ist bekannt, daß die historische Forschung in der Psychoanalyse dadurch behindert ist, daß es zu den meisten Dokumenten keinen Zugang gibt, weil die Archive zum Teil bis ins nächste Jahrhundert hinein verschlossen bleiben. Ferner sind entscheidende Beschlüsse über Ausbildungsfragen gar nicht oder nicht vollständig dokumentiert worden, weil der kleine elitäre Kreis von Personen, der die Verhandlungen führte, hinter verschlossenen Türen operierte und gar nicht an einer Verbreitung interessiert war (vgl. Balint 1966, S. 307 ff.). So bleibt mir nur übrig, Material, das an entlegenen Stellen liegt oder in anderen Kontexten versteckt ist, zusammenzubringen und in Verbindung miteinander zu setzen. Das ergibt neue Sichtweisen und macht neue Interpretationen möglich.

Die Institutionalisierung der Lehranalyse als Machtinstrument

Eröffnet wurde die Systematisierung der Ausbildung mit einem Paukenschlag. Aber niemand wurde von ihm zu kritischer Aufmerksamkeit erweckt. Der Paukenschlag war die Koppelung der psychoanalytischen Ausbildung an die IPV-Mitgliedschaft auf dem IX. Internationalen Psychoanalytischen Kongreß in Bad Homburg 1925: der Kandidat erhält am Ende der Ausbildung kein Zertifikat über dieselbe, keinen Befähigungsnachweis, sondern erwirbt durch das Kolloquium die Mitgliedschaft in der IPV (Ferenczi, Rundbrief 1920). Es handelt sich also um eine Zwangsmitgliedschaft, weil sich Psychoanalytiker nur der nennen durfte, der Mitglied der IPV war. Damit wurde die Psychoanalyse zum Privatbesitz der IPV. Mit dieser Entscheidung schoß Freud ein bedeutsames Eigentor: was er als neue Wissenschaft vom Menschen, als aufklärerische Aktion für alle Menschen gedacht hatte, verschwand im vereinspolitischen Ghetto der IPV, in ihren lokalen Berufsschulen, zu denen die Öffentlichkeit keinen Zugang hat. Diese Koppelung machte die Ausbildungsfrage zu einer Frage der Institution und damit zu einer Frage der Macht und des Einflusses der Organisation auf dieselbe. Es bildete sich eine «Internationale Ausbildungskommission» als Zentralorgan der IPV – bis zur Auflösung des «Geheimen Komitees» 1925 de facto mit diesem identisch –, die von nun an die Ausbildung organisierte. Aber sie befaßte sich nicht psychoanalytisch mit diesen Fragen, sondern administrativ. Die Kommission funktionierte nicht nach psychoanalytischen Regeln, sondern nach politischen Regeln (vgl. Wittenberger 1987). Jetzt wird auch die Lehranalyse politisiert. Aus einer Lehr-Lernmethode wird ein prominentes Instrument der Macht und der Lehranalysand Gegenstand machtpolitischer Interessen. Bis zum Jahre 1938 bemerkt niemand, daß die derart praktizierte Ausbildungsanalyse die Grundsätze der psychoanalytischen Theorie verletzt, daß die Verwalter der Psychoanalyse ihre Essenz zerstören.

Am Berliner Psychoanalytischen Institut sah das so aus:

– Die Lehranalyse wird ein obligatorischer Teil der Ausbildung; eine Gruppe älterer Analytiker organisiert das Ausbildungsinstitut autoritär-hierarchisch;
– sie agiert als Geheimbund, ihre Beschlüsse werden nicht mit der Mitgliedschaft diskutiert;
– sie schafft sich selbst eine Elite, die Lehranalytiker; diese bilden den Unterrichtsausschuß, der ohne Anhörung der Mitglieder regiert;
– er bestimmt den Lehranalytiker für den Analysanden;
– er entscheidet auf Empfehlung des Lehranalytikers, wann die Analyse so weit fortgeschritten ist, daß der Kandidat an den weiteren Ausbildungsstufen teilnehmen kann, und schließlich, wann seine Ausbildung als abgeschlossen betrachtet werden kann.

Wir sehen, das erste psychoanalytische Ausbildungsinstitut in der Geschichte der Psychoanalyse war bereits nach dem Modell der «geschlossenen Ausbildung» organisiert. Seine Struktur war autoritär-hierarchisch, die Lehranalyse bereits politisiert. Es wurde von den meisten psychoanalytischen Landesgruppen in dieser Form übernommen.

War die Lehranalyse von Freud zunächst als Lehr-Lernmethode gedacht, als «Unterweisung» des Anfängers, als Ort, wo er Überzeugungen von der Wirkungsweise des Unbewußten wie der Verdrängung gewinnen konnte, wurde sie nach 1920 ein Mittel, um die Zwecke der psychoanalytischen Bewegung zu erreichen. Freud kam nach dem Ersten Weltkrieg, besorgt um die Zukunft seines Werkes, auf die Idee, die zukünftigen Repräsentanten der Psychoanalyse in den verschiedenen Ländern der Welt selber zu analysieren. Sie sollten als «Ortsgruppenleiter» den «Ortsgruppen» vorstehen und dafür sorgen, daß seine Ideen rein erhalten blieben. Die Lehranalyse wurde also zu einer Methode, die «reine Lehre» vom Begründer derselben direkt an die Adepten weiterzugeben. Freud hegte die Hoffnung, daß die von ihm persönlich Analysierten zukünftig gegen Häresie gefeit seien. Wem fällt hier nicht der Appell Christi an seine Jünger ein: «Gehet hin in alle Welt und lehret alle Völker.»?

Folgerichtig sieht Freud ab 1920 kaum noch Patienten. Er ist also der erste Berufslehranalytiker. In seinem Auftrag soll Sachs dasselbe in Berlin sein. Auch Sachs sieht kaum noch Patienten. In den ersten beiden Jahren seiner Berliner Tätigkeit analysiert er fünfundzwanzig Personen, ganz oder teilweise, zum Zwecke der Ausbildung. In diesem Ausbildungsprogramm zukünftiger Funktionäre mußte die Lehranalyse logischerweise zur «Berufseignungsprüfung» werden, weil ja nicht jeder qualifiziert war, in diese leitenden Positionen aufzusteigen. Die Lehranalyse, stellt Freud fest, «solle dem Lehrer ein Urteil ermöglichen, ob der Kandidat zur weiteren Ausbildung zugelassen werden kann» oder nicht (1937c, S. 94 f.). Dieser Gedanke Freuds wurde seitdem zur Richtschnur vieler Lehranalytiker. So Paula Heimann (1954): «Vor allem liegt es in der Verantwortung des Lehranalytikers, zu entscheiden, ob der Kandidat wirklich eine für den Analytikerberuf geeignete Person ist» (S. 163). Von hier bis zur Aufhebung der Diskretion war es nur ein kleiner Schritt, wie das Freud-Zitat zeigt. Einmal im Sprung über alle Hürden psychoanalytischer Prinzipien, wird auch noch eine persönliche Bindung zwischen Analysand und Analytiker angestrebt: «Endlich ist auch der Gewinn aus der dauernden seelischen Beziehung nicht gering anzuschlagen, die sich zwischen dem Analysanden und seinem Einführenden herzustellen pflegt», schreibt Freud 1912 (1912e, S. 383).

Vor Beginn der Professionalisierung der Psychoanalyse nach 1924 las man es anders. Noch 1919 warnt Freud davor, den Analysanden zu seinem «Leibgut» zu machen, forderte eindringlich, daß der Analysand nicht zur «Ähnlichkeit mit uns» erzogen werden dürfe, sondern «zur Befreiung und Vollendung seines Wesens erzogen werde» (1919a, S. 190).

Jetzt ging es also nicht mehr um eine Lehr-Lernmethode, jetzt ging es um die Ausbildung von zukünftigen Funktionären und Ortsgruppenleitern. Daß am Ende im Konflikt zwischen psychoanalytischer Vereinigung und Kandidat dieser dran glauben mußte, verwundert jetzt nicht mehr. In einem Brief vom 11. 10. 1924 an Paul Federn schreibt Freud: Falls der Lehranalytiker in der Analyse erfährt, daß der Kandidat einen «unheilbaren Fehler» hat, «welcher gerade seine Aufnahme in die Vereinigung unratsam erscheinen läßt, dann hat die Pflicht der Diskretion [dem Kandidaten gegenüber] gegen die Verpflichtung, die Sache [d. i. die Vereinigung] nicht zu schädigen, zurückzutreten» (E. Federn 1972, S. 29).

Egalisierung und Indoktrination

Wo die Lehranalyse in machtpolitische Pläne eingebaut wird, liegt es nahe, sie auch gleich zur Indoktrination zu gebrauchen. 1926 formuliert Freud: Die Lehranalyse solle eine weitgehende Egalisierung der «persönlichen Gleichung» des Analysanden herbeiführen, so daß eines Tages befriedigende Übereinstimmungen unter den Analytikern erreicht sein werden (1926e, S. 50). Hanns Sachs und Franz Alexander greifen dieses Postulat Freuds auf und stellen 1930 – Sachs als Summe seiner zehnjährigen Erfahrung als Berufslehranalytiker am Berliner Psychoanalytischen Institut – fest: «...daß die Psychoanalyse etwas brauche, was dem Noviziat der

Kirche entspräche» (Sachs 1930, S. 53) und – Alexander: «Die Lehranalyse sollte die Bürgschaft dafür abgeben, daß das neu erworbene Wissen richtig verwaltet und verwertet werde» (1930, S. 54 f.). Was das heißt, erklärt Eitingon 1925: «Unsere Vereinigung soll das von unserem Meister Geschaffene vor zu frühen Vermengungen und sogenannten Synthesen mit anderen Gebieten und andersgearteten Forschungs- und Arbeitsmethoden behüten ... (Eitingon 1925, S. 516).

Die sich hier ausdrückende radikal antiwissenschaftliche Haltung ist nicht Eitingons Privatmeinung – sie ist die Basis, auf der sich die Mitglieder der IPV 1910 geeinigt hatten: In seinem Gründungsvortrag der IPV sagte Ferenczi 1910, die Mitgliedschaft solle eine Garantie dafür bieten, daß wirklich Freuds psychoanalytisches Verfahren und nicht eine zum eigenen Gebrauch zurechtgemachte Methode angewendet werde. Damit dies garantiert sei, forderte er, daß der Präsident außerordentliche Vollmachten haben solle, einschließlich der Ernennung und Absetzung von Analytikern und der Genehmigung aller Schriften von Mitgliedern über Psychoanalyse vor ihrer Publikation (Ferenczi 1910/11, S. 58). Mit Freud war er sich einig darin, daß die «psychoanalytische Auffassung nicht zu demokratischer Gleichmacherei» führe. Es solle vielmehr eine «Elite nach Art der platonischen Herrschaft der Philosophie geben» (Jones 1962, Bd. II, S. 90). – Der Elitegedanke hat sich bis heute erhalten: immer noch wählt eine «Elite», die Gruppe der Lehranalytiker am Ort, unter Ausschluß der Mitgliedschaft geheimbündlerisch neue Lehranalytiker hinzu.

Hatte Ferenczi noch den Anschein erweckt, als handle es sich um eine gegenseitige Kontrolle der Mitglieder im Sinne gegenseitiger Hilfe, macht Freud 1914, wenn er zum ersten Mal von der «Psychoanalytischen Bewegung» spricht, deutlich, daß eine Kontrolle von oben nach unten gemeint ist:

«Die Form einer offiziellen Vereinigung hielt ich für notwendig, weil ich den Mißbrauch fürchtete, welcher sich der Psychoanalyse bemächtigen würde, sobald sie einmal in die Popularität geriete. Es solle dann eine Stelle geben, welcher die Erklärung zustünde: ‹Mit all dem Unsinn hat die Psychoanalyse nichts zu tun, das ist nicht die Psychoanalyse» (Freud 1914d, S.85). Und ferner: «Ein Oberhaupt aber, meinte ich, müsse es geben. Ich wußte zu genau, welche Irrtümer auf jeden lauerten, der die Beschäftigung mit der Analyse unternahm, und hoffte, man könnte viele derselben ersparen, wenn man eine Autorität aufrichtete, die zur Unterweisung und Abmahnung bereit sei» (ebenda). Diese Autorität sollte das Komitee sein. Wie die entsprechenden Organe in totalitären Systemen sollte es geheim sein: «Vor allem aber ist dies zu beachten: das Komitee müßte in seiner Existenz und in seinem Wirken *streng geheim* bleiben», schreibt Freud an Jones (Jones 1962, Bd. II, S. 188; Hervorhebung von J. C.).

Wenn der Zweck der Lehranalyse der ist, mit der Analyse identifizierte Analytiker heranzuziehen, so heiligt er auch das Mittel der Indoktrination. Indoktrination setzt aber Doktrin und Dogma voraus – Freud spricht von Schibboleths. Freud ist jetzt gezwungen, seine theoretischen Grundannahmen, seine Paradigmata, in Dogmen umzuformulieren: die Annahme unbewußter seelischer Vorgänge, die Anerkennung der Lehre vom Widerstand und der Verdrängung, die Einschätzung der Sexualität, des Traumes und des Ödipuskomplexes. Im Bereich der Behandlungstechnik werden Regeln sakralisiert (die Grundregel wird zur «Heiligen Regel», 1916/17, S. 298), werden technische Prozesse, wie etwa die Freilegung der «Urszene» (1915b) oder die Herstellung des «Primates des Genitales», zu obligaten Prozessen. Wer nicht «alle gutzuheißen vermag, sollte sich nicht zu den Psychoanalytikern zählen» (1923a, S. 223), sei ihr «Gegner» (1905a, S. 127/28, Fußnote aus dem Jahr 1920). Die «Psychoanalytische Bewegung» soll diese Dogmen behüten und vor «Nachahmungen schützen», sie soll authentisch Auskunft geben können, «was Psychoanalyse zu nennen gestattet sein soll», so Freud an Bleuler (Clark 1979, S. 331 f.). Hier wird sichtbar, wie sich Wissenschaft und Macht verhängnisvoll für die Wissenschaft ineinander verflechten. Begriffe, Theoriestücke, Techniken werden sachfremden Zwängen unterworfen und verhärtet, weil sie zur Festigung der Gemeinschaftsidee dienen müssen. Psychoanalyse wird identisch mit der psychoanalytischen Bewegung. Nach dem Austritt der Adler-Gruppe aus der Mittwoch-Gesellschaft verlangt Freud, daß keines der Mitglieder seiner Gruppe hinfort an den Treffen der Adler-Gruppe teilnehmen dürfe, ohne die Mitgliedschaft im Freud-Kreis aufs Spiel zu setzen (Nunberg und Federn 1979, Bd. III, S. 277).

In den Kontroll- und Observierungsprozessen, die jetzt einsetzen, um die Ortsgruppen auf einer Linie zu halten, um Abweichler früh zu erkennen und als Renegaten und Apostaten denunzieren zu können, erhält die Lehranalyse, genauer der Lehranalytiker, eine ganz neue Funktion, eine Funktion ähnlich der des Inquisitors in den mittelalterlichen Abwehrkämpfen der Kirche gegen Dissidenz und Häresie. Von dieser anderen Funktion der Lehranalyse erfahren wir aus einem Brief Landauers an Westerman-Holstijn vom Oktober 1933. Er schreibt, daß Karl Abraham «zur Sanierung der schweren Konflikte» am Berliner Psychoanalytischen Institut Hanns Sachs berufen habe, «der die führenden Mitglieder in Analyse nahm ... und sie in normale Bahnen brachte» (Brecht et al. 1985, S. 57). Er, Landauer, wolle jetzt dasselbe hier in den holländischen psychoanalytischen Vereinigungen tun, von denen er den Eindruck habe, daß sie ebenfalls einer Sanierung dringend bedürften. Westerman-Holstijn warnt ihn davor, «als eine Art Gau-Leiter aus dem Ausland, hierhergeschickt als Sanierungsanalytiker, zu erscheinen».

Was wurde wirklich erreicht?

Sind die Zwecke und Ziele, die Freud der Lehranalyse gesetzt hatte, erreicht worden?

– *Ist sie eine Barriere gegen Heteredoxie und Dissidenz geworden?* Bernfeld weist darauf hin, daß dies keineswegs der Fall ist. Daß gerade die Erfinder dieses Ausbildungssystems, «die so ängstlich gerade auf solch eine Abwehrkraft der Lehranalyse gesetzt hatten – Alexander, Rado, Horney, Fromm, Reich, Fromm-Reichmann»–, sich von der IPV trennten und eigene Wege gingen, die von ihr nicht akzeptiert wurden (Bernfeld 1962, S. 454 ff.). Zahllose Abspaltungsbewegungen charakterisieren die psychoanalytische Gemeinschaft bis heute.

– Sind die Analytiker am Ende der Lehranalyse wirklich frei von Ähnlichkeit mit dem Lehranalytiker? Das scheint eher die Ausnahme zu sein. So treten z. B. am Londoner Psychoanalytischen Institut, an dem es drei verschiedene Schulen gibt, die Kandidaten stets derjenigen Schule bei, der ihr Lehranalytiker angehört. In der BRD gibt es keine organisierten Kleinianer, weil es nach dem Kriege und auch später keine kleinianischen Lehranalytiker gab. Diese Tendenz läßt sich in allen Instituten der IPV nachweisen. Balint (1966, S. 317) spricht davon, daß sich um die Lehranalytiker clanartige Gruppen bilden, daß lebenslange affektive Bindungen zu ihnen entstehen, die zur Infantilisierung führen und – unabhängig davon, ob sie liebend oder hassend ausgetragen werden – das Klima in der psychoanalytischen Gemeinschaft vergiften.

– Hat die Lehranalyse mehr «Selbsterkenntnis», mehr «Selbstbeherrschung» bewirkt? Ein «höheres Maß von seelischer Normalität und Korrektheit» bei den Analytikern – so die Desiderate Freuds? Auch diese Leistung hat sie nicht erbracht. Gegen Ende seines Lebens schreibt er resignierend an Lou Andreas Salomé: «... leider viele der Analytiker von der Analyse wenig veränderter Menschenstoff» (1966, S. 222). Und: «Es ist unbestreitbar, daß die Analytiker in ihrer eigenen Persönlichkeit nicht durchwegs das Maß von psychischer Normalität erreicht haben, zu dem sie ihre Patienten erziehen wollen» (1937 c, S. 93).

Freud gerät gegen Ende seines Lebens in der Frage der Lehranalyse zwischen die Scylla des machtpolitischen Denkens und die Charybdis der psychoanalytischen Realität. Er betont 1937 in «Die endliche und die unendliche Analyse», seinem politischen Testament, die Kontrollfunktion der Lehranalyse in der Ausbildung: «... ihr hauptsächlicher Zweck ist, dem Lehrer ein Urteil zu ermöglichen, ob der Kandidat zur weiteren Ausbildung zugelassen werden kann oder nicht» (1937 c, S. 94/95); seine Tochter Anna verfaßt ein Jahr später eine scharfe Kritik an der «Analyse in der Lehrsituation», in der sie gerade diesen Zweck als Ursache der Insuffizienz der Lehranalyse anschuldigt. Da diese Schrift nicht gegen den Vater gerichtet sein kann, unterstelle ich, daß Freud seine Meinung geändert, sich den Überlegungen der Tochter angeschlossen hat. In diesem Text kommt sie zu einem vernichtenden Urteil über die Praxis der Lehranalyse: Der Lehranalytiker begehe tatsächlich jeden einzelnen Fehler, den wir in der therapeutischen Analyse als Kunstfehler bezeichnen würden. Die Folge davon seien schlechte Ergebnisse der Lehranalyse und unaufgelöste Übertragungsbeziehungen, was die wissenschaftliche Einstellung der Analysanden entscheidend beeinflusse (1950). Dieser Text hatte ein seltsames Schicksal. Er erscheint erst 12 Jahre später, 1950, in einer kleinen, schwer zugänglichen israelischen Zeitschrift und bleibt damit bis zur ersten breiten Kreisen zugänglichen Veröffentlichung 1970 fast gänzlich unbekannt. Das Schicksal dieses Textes läßt vermuten, daß er den politischen Interessen der institutionalisierten Psychoanalyse entgegenlief. Hier wie in vielen anderen Fragen, so z. B. der Frage der Laienanalyse, setzte sich das machtpolitische Denken der psychoanalytischen Bewegung, einst von Freud selbst in Gang gesetzt, jetzt gegen ihn durch. Wir verstehen diese gegensätzlichen Tendenzen besser, wenn wir uns vergegenwärtigen, welche Verwirrungen Freud jahrelang dadurch geschaffen hatte, daß er sich über das, was er als Prinzipien und Regeln in seinen Schriften festgelegt hatte, in der Praxis hinwegsetzte (vgl. Cremerius 1981).

Viele namhafte Analytiker haben die Analyse innerhalb der Lehrsituation ebenso schroff kritisiert wie Anna Freud. Geändert hat sich dadurch nichts. Auch die Autoren, die die Herrschaftsstruktur der Institution als Ursache des Übels entlarvten, haben wenig bewirkt. Ich erinnere an Bernfelds bekannte Anklage gegen die Lehranalyse aus dem Jahre 1952 und zitiere aus jüngster Zeit Francis McLaughlins und Limentanis fundamentale Kritik:

«Als Analytiker müssen wir uns fragen, aus welchen Motiven wir so beharrlich an einem Modell festhalten, das wir ansonsten als unanalytisch bewerten. Man kann nicht umhin zu vermuten, daß einige der mitwirkenden unbewußten Faktoren mit Herrschaft zu tun haben, mit Macht und persönlichem Prestigestreben und mit dem Propagieren theoretischer Vorlieben. Es muß starke unbewußte Beweggründe geben, wenn wir es uns erlauben, Praktiken weiterzuführen, die wir ansonsten verurteilen»

(McLaughlin 1967). Gewichtiger noch, weil er sie als Präsident der IPV äußerte, ist Limentanis Kritik: «Die Lehranalyse … ist ein wichtiges und vielleicht das schlechteste Beispiel einer Veränderung der Methode; aber da Freud es war, der sie ausgedacht hat, waren wir dazu in der Lage, sie ohne Bedenken für eine lange Zeit zu akzeptieren. Jedoch ist in letzter Zeit das Grollen der Unzufriedenheit immer deutlicher geworden: weil ich glaube, daß wir dadurch, daß wir jemanden in eine sogenannte Lehranalyse nehmen, einen vernichtenden Angriff auf das Setting verüben, ganz abgesehen davon, daß wir Übertragungs- und Gegenübertragungsprobleme schaffen, bin ich nicht unter denen, die sie (die Lehranalyse) als ununterscheidbar von normalen Therapien ansehen» (1986).

Wie ist die institutionalisierte Psychoanalyse mit dieser Kritik bisher umgegangen? Immer noch praktizieren die meisten psychoanalytischen Gesellschaften das «geschlossene Ausbildungssystem», in dem die Lehranalyse Teil der kontrollierten Ausbildung ist. Nur drei Vereinigungen innerhalb der IPV haben das «offene System» eingeführt, in dem anstelle der Lehranalyse eine persönliche Analyse gefordert wird, die nicht in die Verantwortung des Institutes fällt: die französische, die kanadische und die schweizerische psychoanalytische Vereinigung. Hier muß der Bewerber um die Zulassung zur Ausbildung die persönliche Analyse bereits hinter sich haben oder weit in ihr fortgeschritten sein, ehe er um die Zulassung zur Teilnahme an den Kursen nachfragen kann. Im geschlossenen System ist die Lehranalyse kontrollierter Teil der Ausbildung. Hier gibt es in bezug auf die Frage, ob der Lehranalytiker dem Unterrichtsausschuß berichtet, eine breite Skala, die von Nichtberichten über teilweises Berichten oder Berichten im Extremfall bis zu obligatorischen, regelmäßigen Berichten reicht. Im letzteren Falle, so stellt Wallerstein fest, ist es das Institut, das die definitive und ganze Verantwortung für die Formulierung aller – der therapeutischen und der professionellen – Ziele trägt, die in einer sachgerechten Analyse erreicht werden sollen. «Die Rolle des Lehranalytikers besteht nur noch darin, das kollektive Mandat des Institutes auszuführen und dann diese Instanz davon zu überzeugen, daß die Aufgabe in hinreichendem Maße erfüllt wurde» (1987, S. 51).

Die heutige Diskussion um die Lehranalyse

In zahllosen Konferenzen wird seit Jahren über das Problem der Lehranalyse diskutiert. Vielleicht sollen alle diese Konferenzaktivitäten das Vorsichherschieben des eigentlichen Problems nur mit dem Schein des Handelns schmücken und letztlich sedierend wirken. Dafür spricht, daß die von vielen namhaften Analytikern vorgeschlagene Lösung, die Analyse aus der Ausbildung herauszunehmen und als persönliche Analyse vor dieselbe zu legen, nicht wirklich in Angriff genommen wird.

Beruhigen sollen auch jene Vorschläge, die die Lehranalyse verbessern wollen. Einer der Vorschläge geht von der Überlegung aus, daß die Theorie der Lehranalyse den Veränderungen der Theorie und Praxis zu wenig Rechnung getragen habe. Es müßten vor allem die narzißtischen Bedürfnisse nach einem «get along together» in der Lehranalyse vermehrt befriedigt werden (Simenauer 1984, S. 298 f.). Auch der andere Vorschlag geht davon aus, daß die frühen Konflikte in der Lehranalyse nicht hinreichend bearbeitet würden.

Sieht der eine Autor die Rettung der Lehranalyse in der Bearbeitung der narzißtischen Bedürfnisse, sieht sie der andere in der Bearbeitung der depressiven Position im Sinne Melanie Kleins (Appy 1987). Beide Autoren setzen ihre Hoffnung auf ein je tiefer, je besser. Aber trägt diese Hoffnung noch, nachdem dort, wo nach dieser Maxime verfahren wird – z. B. in den südamerikanischen Gruppen, wo nach Melanie Klein analysiert wird –, die Ergebnisse der Lehranalyse auch nicht besser zu sein scheinen als bei uns? Die feindseligen, destruktiven Zustände in den Gruppen dort belegen dies eindrücklich. Im übrigen ist der Ruf nach länger und tiefer so alt wie die Lehranalyse. Immer dann, wenn man mal wieder über ihre geringe Effizienz bestürzt ist, richtet sich die Hoffnung auf Verlängerung und Vertiefung. Jetzt, wo die Lehranalyse in der BRD tausend Stunden und mehr umfaßt, d. h. etwa zehnmal länger dauert als 1937, als Freud ihre Ineffizienz beklagte, und bereits das erste Lebensjahr erfaßt, scheint die Grenze dieser Hoffnung schon fast erreicht. Aber noch besteht Hoffnung auf noch länger und noch tiefer. Die pränatale Analyse verspricht uns ungeahnte neue Möglichkeiten.

Ich kann die Forderung von Appy und Simenauer nach mehr Tiefe nicht teilen – Lukács warf den Deutschen vor, sie würden die Psychoanalyse durch Tiefe verflachen. Wenn ich mich überhaupt darauf einlasse, die mißliche Lage der DPV/IPV aus der institutionalisierten Lehranalyse heraus zu verstehen, so würde ich die in diesem System unzureichende Analyse des Ödipuskomplexes dafür anschuldigen. In dem Maße, wie er unaufgelöst bleibt, sinkt das Erkenntnisvermögen, und Haß, Eifersucht und phallisches Rivalisieren bestimmen die Beziehungen in der Vereinigung.

Darüber, was es für das Leben eines Menschen bedeutet, daß er in den Jahren seiner größten Aktivität und Kreativität zwischen dem 28. und 35. bzw. 38. Lebensjahr, 7 bis 10 Jahre also, durch einen introspektiven Prozeß von den Problemen der Außenwelt weitgehend abgeschlossen ist und in einer regressiven Beziehung zu einem durch die Übertragung entstellten Objekt lebt, denkt niemand ernsthaft nach. Sind da nicht typische Phantasien autoritärer Eltern am Werk, die davon überzeugt sind, daß eine lange, gründliche Einflußnahme durch sie die beste Vorbereitung auf das Leben sei? Hier wird wieder einmal das Anachronistische des psychoanalytischen Ausbildungssystems sichtbar, erweist es sich als ein Relikt des 19. Jahrhunderts.

Das Ergebnis der langen Lehranalyse ist, daß sich kaum einer der Absolventen vor dem 45. Lebensjahr mit Autorität innerhalb der institutionalisierten Psychoanalyse zu wissenschaftlichen Fragen der Psychoanalyse zu Wort melden kann. Bedenkt man, daß sich der Charakter der Kreativität in verschiedenen Phasen des Lebens verändert, daß sie in der Regel zwischen dem 20. und 35. Lebensjahr stürmisch, angreifend und radikal ist und von der Lebensmitte ab in der Regel ruhigere konservierende Züge annimmt, so heißt das, daß in unserem System die Kreativität der Jugend weitgehend eliminiert ist. Folgt das System hier einer unbewußten Tendenz nach Ruhe und Ordnung? Benutzt es unbewußt die Erfahrung, daß die Menschen als Brandstifter geboren werden und als Feuerwehrleute enden, wie Shaw einmal formuliert hat?

Ich erkläre mir die chaotische und widersprüchliche Situation, in der die Diskussion um die Lehranalyse geführt wird, u. a. auch damit, daß sie der Institution die Anerkennung einer Tatsache erspart, die ihr Über-Ich unter keinen Umständen wahrhaben will. Ich meine die Tatsache, daß die Lehranalyse als Superanalyse sehr schlechte Ergebnisse erbringt: wenn die Analyse einer durch drei Spitzenanalytiker ausgewählten Gruppe von Elitepersonen durch Eliteanalytiker, die Lehranalytiker, unter optimalen Bedingungen, d. h. vierstündig pro Woche über 7 bis 10 Jahre, ohne durch finanzielle Probleme bedroht zu sein, so wenig bringt, taucht zwangsläufig die Grundsatzfrage nach dem Effekt der Analyse überhaupt auf Diese Frage aber ist lebensgefährlich. Hat man doch gerade den Krankenkassen die Analyse als eine anderen Therapieformen überlegene Therapie empfohlen. Was nun? Man beharrt im Widerspruch: man verteidigt die wenig effiziente Lehranalyse und zugleich die Effizienz der psychoanalytischen Behandlung von Patienten.

Die Kritiker der Lehranalyse betonen, daß die Lehranalyse ihr Ziel, den Kandidaten aus den ödipalen Bindungen zu befreien und ihn mit einem starken autonomen Ich auszustatten, prinzipiell nicht erreichen kann. Sie weisen darauf hin, daß das Ausbildungsverfahren mit der darin verankerten Lehranalyse den Initiationsriten von primitiven Kulturen und Geheimgesellschaften gleiche, deren Zweck gerade dem obigen entgegengesetzt sei. Ihr Ziel sei nämlich, den Initianten mit der Gesellschaft, die ihn initiiere, zu identifizieren. Gelingt dies – und in der psychoanalytischen Ausbildung gelingt es erstaunlich gut –, werde der Eingeweihte an der Macht, die ihn initiiert habe, teilhaben wollen.

Perspektiven zur Veränderung

Was können wir tun, um die antianalytische Liaison von Ausbildung und Macht aufzuheben? Was tun, damit die Lehranalyse im Geiste prinzipieller Freiheit durchgeführt werden kann, als freiwillige Zusammenkunft von Analytiker und Analysand ohne Zwänge und ohne Direktiven von außen?

Die bisherigen Versuche der institutionalisierten Psychoanalyse, wie etwa der französischen, kanadischen, schweizerischen psychoanalytischen Vereinigung, liberalere Ausbildungssysteme zu schaffen, d. h. persönliche Analyse anstelle der Lehranalyse, kein Lehranalytikerstatus, haben keine Klimaänderung in den Instituten herbeigeführt.

Was erforderlich ist, diesem Ziel näher zu kommen, ist eine radikale Reform des Ausbildungssystems. Eine Reform, welche die Ausbildungsinstitute aus ihrer Selbstghettoisierung herausführt, sie öffnet und ihnen den Zugang zu den Wissenschaften vom Menschen auf dem Stand des ausgehenden 20. Jahrhunderts ermöglicht. Um diesen Schritt tun zu können, müßten die Institute gewisse Realitäten, die ihnen seit langem prinzipiell bekannt sind, bei der Diskussion von Ausbildungsfragen berücksichtigen. Diese Realitäten sind:

- die Tatsache, daß es keine verbindliche Definition von Psychoanalyse – weder von psychoanalytischer Theorie noch von psychoanalytischer Theorie der Technik – mehr gibt, daß statt dessen «ein Pluralismus theoretischer Konzepte, sprachlicher und gedanklicher Konventionen» (vgl. Wallerstein 1988) existiert;
- die Tatsache, daß die Identität des Psychoanalytikers nicht mehr in Übereinstimmung mit Freuds Paradigmata definiert werden kann (vgl. E. Josephs Feststellung auf der Haslemere-Konferenz 1976; Joseph 1979, S. 5–9);
- die Tatsache, daß «eine Wissenschaft, die zögert, ihre Gründer zu vergessen, verloren ist» (so meint es Wallerstein, Whitehead zitierend; ebenda, S. 9); und so meinte es bereits Knight 1953: «Wir erlauben uns noch nicht, Psychoanalyse als eine ‹science of the mind› anstatt als Doktrin ihres Begründers zu verstehen» (S. 211);
- die Tatsache, daß unter dem Dach der IPV bereits seit langem die gegensätzlichsten psychoanalytischen Theorien existieren, die zum Teil so weit auseinanderliegen, daß die Angehörigen der einen Theorie die der anderen nicht mehr verstehen. Einige eliminieren «Kernstücke» der Freudschen Theorie (Kohut: Negation des Ödipuskomplexes), andere den

prinzipiellen Denkansatz Freuds (z. B. wenn die Konflikttheorie durch eine Defekttheorie ersetzt wird), wieder andere stellen Freuds psychogenetische Theorie in einer Weise auf den Kopf (z. B. Melanie Klein, die die Ödipus-Situation in das erste Lebensjahr verlegt), daß Eissler von einer Karikatur der Freudschen Theorie spricht (1965, S. 367). Was uns noch vereint, schreibt Wallerstein, ist die von uns geteilte Konzentration auf die klinischen Interaktionen in unseren Behandlungszimmern (1988, S. 19).

Zusammenfassend heißt das: Die institutionalisierte Psychoanalyse müßte akzeptieren, daß die Psychoanalyse bereits in das Stadium einer «Normalwissenschaft» (Kuhn 1963) eingetreten ist, sich in einem Zustand wie die Philosophie an den Universitäten befindet, wo es kein Monopol *einer* Philosophie mehr gibt, sondern einen Pluralismus von philosophischen Konzepten. Aus dieser Tatsache müßte sie die entsprechenden Konsequenzen ziehen.

Natürlich gibt es auch in einer philosophischen Fakultät Macht und Machtstrukturen. Aber der Bildungsweg ist ein weitgehend machtfreier Such- und Findungsweg, prinzipiell frei von Indoktrination.

Freud hatte 1926 die Idee, die psychoanalytischen Institute zu Forschungsinstituten auszubauen. Hier sollten neben der Psychoanalyse Biologie, Psychiatrie, Kulturgeschichte, Mythologie, Religionspsychologie und Literaturwissenschaft gelehrt werden (1926e, S. 281). Aber dieser Plan war immer noch von den alten Berührungsängsten der psychoanalytischen Bewegung gekennzeichnet. Er führte die Institute nicht aus ihrer Selbstghettoisierung heraus. Freuds Plan tendierte nicht auf ein offenes Gespräch mit den Wissenschaften vom Menschen außerhalb der Psychoanalyse. Wie jede junge Wissenschaft sollte sie sich zunächst in sich selber konsolidieren, ihre Theorien mit Belegen aus anderen Wissensgebieten anreichern.

Bis heute rezipieren die psychoanalytischen Institute – vergleichbar den anthroposophischen Zentren – die Ergebnisse der anderen Wissenschaften nur durch hauseigene Referenten und assimilieren selektiv nur das, was die tradierten Konzepte anreichert und bestätigt. Anna Freud begründete die Isolation der Institute mit dem

Hinweis, die Universitäten z. B. würden die Psychoanalyse als unwissenschaftlich ablehnen: ihre Methoden seien unpräzise, ihre Befunde ließen sich nicht experimentell beweisen (1978, S. 2915). Diese Argumente haben heute ihre Gültigkeit verloren: die Universitäten in der BRD haben der Psychoanalyse Lehrstühle und klinische Abteilungen eingerichtet, das Fach ist obligatorisches Lehrfach für Medizinstudenten geworden, in Paris kann man einen Doktorgrad in Psychoanalyse erwerben, und in den USA lehren Psychoanalytiker in den psychiatrischen Universitätskliniken.

Aber die psychoanalytischen Institute nutzen diese Situation nicht. Anstatt das Gespräch mit den verwandten Disziplinen zu suchen, verharren sie in ihrer «splendid isolation», ja mehr noch, sie betrachten die Kontakte mit den Universitäten mit Besorgnis und Skepsis. Das geht soweit, daß an manchen Orten, wo der Lehrstuhlinhaber Mitglied der DPV ist, das lokale Institut keine Verbindungen mit ihm unterhält, die dort erarbeiteten wissenschaftlichen Ergebnisse nicht zur Kenntnis nimmt.

Das Ergebnis der Isolation ist Stagnation. Auseinandersetzung mit den Freudschen Positionen ist oft nicht mehr als bloße Freud-Exegese. Als Fortschritt versteht man, wenn man Weiterentwicklungen der Psychoanalyse, etwa die von Melanie Klein, Kohut, Winnicott u. a., in den Lehrplan aufnimmt. Aber ist das Fortschritt im Sinne wissenschaftlichen Denkens? In der Regel ist dies nicht der Fall: man ersetzt eine Doktrin durch die andere. So entstehen immer neue Schulen, die mehr oder weniger isoliert nebeneinander existieren. Wo kommt es zur kritischen Auseinandersetzung zwischen dem, was man aufgibt, und dem, was man neu einführt? So wie z. B. vorher der Ödipuskomplex am Ende der kindlichen Entwicklung stand, steht er jetzt an deren Anfang (Melanie Klein). Belegt wird weiterhin, jetzt wie vorher, die Richtigkeit einer These mit oft fraglichen Interpretationen von Material aus Analysen Erwachsener.

Wissenschaftliches Denken würde dagegen verlangen, die Erfahrungen etwa eines Piaget, der Hirnphysiologie, der Soziologie und anderer Wissensgebiete zur Kenntnis zu nehmen und gegebenenfalls tradierte Positionen zu revidieren.

Wird dadurch die Macht in der Ausbildung, die Macht in der

Lehranalyse verringert? Ich glaube, ja. Die Begegnung mit anderen Wissenschaften würde ein Gegengewicht gegen die in der Lehranalyse liegende Gefahr der Identifizierung mit der Lehre liefern, Glaubenshaltungen und Abhängigkeiten verringern. Sie würde eine offene, kritische Haltung ermöglichen und Anreize zur Forschung schaffen. Eine solche Haltung müßte auch die Gefangenschaft im eigenen System aufheben, schlußendlich dazu führen, daß auch das Ausbildungssystem und die Lehranalyse kritischer Reflexion unterworfen würden. Und schließlich wissen wir, daß die Institutionen, so Freud über den Staat (1915 b, S. 329 ff.), nicht der Abschaffung von Unrecht und Gewalt dienen, sondern ihrer «Monopolisierung».

Macht und Geld

Aus ökonomischen und anderen, sehr komplexen Gründen (vgl. Pulver 1978; Cremerius 1985) nimmt die Zahl der Patienten, mit denen der Psychoanalytiker eine vierstündige Langzeitanalyse im klassischen Setting durchführen kann, in allen europäischen Ländern und in den USA immer mehr ab. Das bedeutete, daß die niedergelassenen Analytiker nur noch in geringem Umfange klassische Analysen mit 4 Wochenstunden durchführen können. In der Bundesrepublik Deutschland werden von den Mitgliedern der DGPPT, die zu 96 Prozent an der Richtlinienpsychotherapie teilnehmen, nur 7,1 Prozent aller Patienten (der versicherten Patienten) mit 4stündiger Psychoanalyse behandeln (s. Prognos-Studie 1988, S. 27). Dagegen arbeiten die Lehranalytiker (sie machen etwa 30 Prozent der Mitglieder der DGPPT aus) weiterhin im klassischen Setting (vgl. Pulver 1978; Holder 1984). Das hat auch finanzielle Auswirkungen: in der Bundesrepublik liegen die Honorare der Lehranalytiker zwischen 20 und 50 Prozent höher als die Honorare der Krankenkassen. Ein zusätzlicher finanzieller Gewinn entsteht ferner durch den Wegfall der von den Kassen bis 1987 nicht honorierten Gutachten. Wichtiger ist jedoch die Tatsache, daß die Lehranalysen heute durchschnittlich sechs bis sieben Jahre dauern, während die von der Krankenkasse finanzierten Therapien selten länger als drei Jahre währen. D. h., daß der Lehranalytiker für diesen Zeitraum ein krisensicheres Einkommen hat – krisensicher auch dadurch, daß die Abbruchrate bei den Lehranalysen weit kleiner ist als bei den therapeutischen Analysen. Es ist daher nicht verwunderlich, daß viele Kollegen (nach der Prognos-Studie liegt der zeitliche Aufwand ihrer Tätigkeit als Lehranalytiker und Supervisor zwischen 15 und 25 Stunden pro Woche) (Prognos-Studie 1988, S. 23) bevorzugt Lehranalysen und Supervisionen machen, oft weit mehr, als die Prognos-Studie ausweist.

Auch in den anderen europäischen Ländern ist die Situation ähnlich. Da es hier keine von den Krankenkassen finanzierte Psychotherapie gibt, haben die niedergelassenen, vor allem die jüngeren, Kollegen oft zu wenige und in der Regel wenig zahlende Patienten.

Literatur

Alexander F (1930) Der theoretische Lehrgang. In: Zehn Jahre Berliner Psychoanalytisches Institut. Int. Psychoanal Verlag, Wien, S 54–58

Appy G (1987) Selbstentfremdung der Psychoanalyse in der Gesundheitspolitik. Vortrag anläßlich der DPV-Arbeitstagung in Wiesbaden am 20. 11. 1986. DPV-Arbeitstagungsbericht, S 13–30

Balint M (1966) Über das psychoanalytische Ausbildungssystem. In: Die Urformen der Liebe und die Technik der Psychoanalyse. Huber, Bern, Stuttgart

Bernfeld S (1962) Über die psychoanalytische Ausbildung (1952) Psyche 38: 437–459 (1984)

Blaya-Perez M (1986) Die Beendigung der Lernanalyse. Prozess-Erwartungen – Was erreicht wurde. In: Cooper AM (Hrsg) Die Beendigung der Lehranalyse. Schriftenreihe der Int Psa Vereinigung 5: 18–36

Brecht K et al. (1985) «Hier geht das Leben auf eine sehr merkwürdige Weise weiter...» Zur Geschichte der Psychoanalyse in Deutschland. Kellner, Hamburg

Clark R (1979) Sigmund Freud. Fischer, Frankfurt a M (1981) Cremerius J (1981) Freud bei der Arbeit über die Schulter geschaut. Seine Technik im Spiegel von Schülern und Patienten. Jahrb Psychoanal (Beiheft) 6: 123–158

Cremerius J (1985) Krankheitswandel oder Verlagerung und Umschichtung der Neurosen im medizinischen Versorgungsbereich. Prax Psychother Psychosom 30: 60–71

Drigalski D von (1979) Blumen auf Granit. Ullstein, Frankfurt/Berlin/Wien

Eissler KR (1965) Medical orthodoxy and the future of psychoanalysis. Int Univ Press, New York

Eitington M (1925) Geschäftsprotokoll. Int Z. Psychoanal 11: 516–517

Federn E (1972) A cooperation through life. In: Federn E (Ed) Thirty-five years with Freud. In honour of the 100th anniversary of Paul Federn, M. D. J. Clin Psychol (Suppl) 32: 18–34

Ferenczi S (1910/11) Zur Organisation der psychoanalytischen Bewegung. In: Balint M (Hrsg) Schriften zur Psychoanalyse. Fischer, Frankfurt a M, S 48–58 (1970)

Freud A (1976) Bemerkungen über Probleme der psychoanalyt. Ausbildung. In: Freud A (Hrsg) Die Schriften der Anna Freud. 10 Bände, Band 10. Kindler, München, S 2805–2810 (1980)

Freud A (1978) Antrittsvorlesung für den Sigmund Freud-Lehrstuhl der Hebräischen Universität, Jerusalem. Int J Psycho-Anal 59: 145–148

Freud S (1905a) Über Psychotherapie. GW Bd 5 S 11–26

Freud S (1912e) Ratschläge für den Arzt bei der psychoanalytischen Behandlung. GW Bd 8, S 375–387

Freud S (1914d) Zur Geschichte der psychoanalytischen Bewegung. GW Bd 10, S 43–113

Freud S (1915d) Zeitgemäßes über Krieg und Tod. GW Bd 10, S 323–355

Freud S (1916/17) Vorlesungen zur Einführung in die Psychoanalyse. GW Bd 11

Freud S (1919a) Wege der psychoanalytischen Therapie. GW Bd 12 S 181–194

Freud S (1923a) Psychoanalyse und Libidotherapie. GW Bd 13, S 211–233

Freud S (1926e) Die Frage der Laienanaylse. GW Bd 14, S 207–307

Freud S (1937c) Die endliche und die unendliche Analyse. GW Bd 16, S 57–99

Freud S, Andreas-Salomé L (1966) Briefwechsel. In: Pfeiffer E (Hrsg). Fischer, Frankfurt a M

Heimann P (1954) Problems of the training analysis. Int J Psychoanal 5: 163–168

Holder A (1984) Psychotherapie und staatl. Gesundheitswesen in England. In: Bach H (Hrsg) Psychoanalyse. Psychotherapie und Öffentlichkeit. Göttingen. S 133–137

Jones E (1953–1957) Das Leben und Werk von Sigmund Freud. 3 Bde. Huber, Bern, Stuttgart (1960–62)

Joseph E (1979) Konferenzbeitrag (Haslemere Conference 1976, unveröffentl.), zit. nach J Klauber: The identity of the psychoanalyst. Sigmund Freud House Bull 3: 5–9

Knight R (1953) The present statues of organized psychoanalysis in the United States. J Am Psychoanal Assoc 1: 197–221

Kuhn TS (1963) Die Struktur wissenschaftlicher Revolutionen. Frankfurt a M, 1967

McLaughlin F (1967) Addendum to a controversial proposal. Some observations on the training analysis. Psa Quart 36: 230–247

Moser T (1974) Lehrjahre auf der Couch. Suhrkamp, Frankfurt a M

Limentani A (1986) Presidential Adress. Variation of some Freudian themes. Int J Psycho-Anal 67: 235–243

Nunberg H, Federn E (1976–81) Protokolle der Wiener psa Vereinigung. Bd I–IV, Fischer, Frankfurt a M, S 314–320

Pulver S (1978) Report of: Survey of the psychoanalytic practice 1976. Some trends and implications. J Am Psa Assoc 26: 615–631

Sachs H (1930) Die Lehranalyse. In: Zehn Jahre Berliner Psychoanal Institut. Int Psychoanal Verlag, Wien

Simmenauer E (1984) Aktuelle Probleme der Lehranalyse. Psyche 38: 289–306

Wallerstein RS (1987) Die Beendigung der Lehranalyse, die Sicht des Instituts. In: Cooper AM (Hrsg) Die Beendigung der Lehranalyse. Schriftenreihe der IPV 5: 36–53

Wallerstein RS (1988) One Psychoanalysis or many? Int J Psychoanal 69: 5–21

Wittenberger G (1987) Von der Selbsregulation zum «Prüfungs-Kolloquium». DPV-Arbeitstagungsbericht, S 135–144

Anhang

Glossar

Hier können aus Platzgründen we-
sentliche Fragen nur angerissen
werden. Für weitere Informationen
eignet sich z. B. Wolfgang Mertens
(Hrsg.) Schlüsselbegriffe der Psychoanalyse. Stuttgart 1993, und
Mertens, W.: Einführung in die psychoanalytische Therapie, 3 Bde.,
Stuttgart 1990.

Abstinenz, Abstinenzregel
Da der Antrieb für die Behandlung
in der Existenz eines durch Versa-
gungen hervorgerufenen Leidens
liegt, das sich vermindern läßt
durch Ersatzbefriedigungen, soll
die psychoanalytische Behandlung
so geführt werden, daß der Patient
möglichst wenig Ersatzbefriedigung findet. Der Analytiker soll
dem Patienten die Befriedigung seiner Wünsche versagen und nicht die
Rolle annehmen, die der Patient
ihm aufdrängen möchte und in der
er ihn jeweils erlebt.

Abwehr, Abwehrmechanismen
Möglichkeiten des Ich, ängstigende
innere Reize wie Triebe, Wünsche,
Erinnerungen, Vorstellungen usw.
von der Wahrnehmung auszuschal-
ten oder ängstigende Situationen,

die den Reiz auslösen könnten, zu
vermeiden.
Die bei einem Individuum vorherr-
schenden Abwehrmechanismen
sind verschieden, je nach Art der
Erkrankung bzw. der Entwick-
lungsstufe, in der die seelische Störung entstanden ist.

Agieren
Agieren und Erinnern sind zwei
Möglichkeiten, wie die Vergangenheit sich in der Gegenwart aktuali-
sieren kann. In der Behandlung soll
erinnert werden.
Der Begriff «agieren» ist doppeldeutig: Er meint einerseits die Wiederholung bestimmter Erfahrungen
in der Beziehung zum Analytiker,
aber auch in allen anderen Berei-
chen und Tätigkeiten des Lebens.
Bezeichnet werden damit andererseits (unkontrollierte) Handlungen
als Ausdruck des Verdrängten oder
als Mittel, die → *Übertragung*
zu verleugnen.

Lehranalyse
Kernstück der psychoanalytischen
Ausbildung, der sich derjenige un-
terzieht, der den Beruf des Psychoanalytikers erlernen und ausüben

will. Sie ist entstanden aus der Selbstanalyse, die Freud an sich selbst vornahm. Besonders von Ferenczi gefordert: «... während die Persönlichkeit des Analytikers, von dem das Schicksal so vieler anderer Menschen abhängt, auch die verstecktesten Schwächen der eigenen Persönlichkeit kennen und beherrschen muß, was ohne voll beendigte Analyse unmöglich ist.» (Internationale Zeitschrift für Psychoanalyse, Band XIV, 1928)

Das praktische Problem, das die Institutionalisierung der Lehranalyse mit sich bringt – daß nämlich eine Analyse von vornherein auf einen besonderen Endzweck ausgerichtet sein kann, auf eine Zielvorstellung, und daß die Analyse an einer Institution durchgeführt wird, in der die Beurteilung des Lehranalytikers eine wichtige Rolle spielt, die Berechtigung zur Ausübung seines Berufes zu erhalten –, ist weiter ungeklärt.

Analysierbarkeit

Das Konzept der Analysierbarkeit beinhaltet einen Uniformitätsmythos, indem davon ausgegangen wird, daß das Verstehen eines Symptoms, das behandlungstechnische Vorgehen und die Zielvorstellungen bezüglich einer erfolgreichen Analyse bei allen behandelnden Psychoanalytikern ähnlich oder gleich sind. Analysierbarkeit ist abhängig (z. B. bei narzißtischen- und → Border-

line-Störungen) von der jeweils praktizierten Methode. In den letzten Jahren wird betont, daß die Analysierbarkeit des Patienten auch abhängig ist vom jeweiligen Analytiker, d. h., daß beide zusammenpassen müssen, ohne daß bisher klar wäre, worin dieses besteht. Analysierbarkeit bedeutet also nicht mehr allein eine Eigenschaft des Patienten.

Arbeitsbündnis

Der relativ rationale, unneurotische Bezug, den der Patient zu seinem Analytiker hat, in dem er fähig und willens ist, seine Übertragungen als solche zu erkennen (Fähigkeit zur → Ich-Spaltung; in etwa: Introspektionsfähigkeit). Nicht zu verwechseln mit einer Unterwerfungsbereitschaft. Die Bindung an den Analytiker, aber auch dessen Taktgefühl und Einfühlung sind die Voraussetzung für ein Arbeitsbündnis. Mitunter ist schwer zu erkennen, ob ein Patient ein Arbeitsbündnis eingegangen ist, z. B. bei «Flucht in die Gesundheit», wenn er schnell scheinbare Erfolge bringt nach dem Motto: «Ich tue alles, was du mir sagst, wenn du mich dafür in Ruhe läßt», d. h., der Patient verwechselt den Analytiker mit einer strengen Autoritätsperson (→ Übertragung). Wie im Text beschrieben, kann er damit aber auch recht haben. In diesem Fall kommt es ebenfalls zu keinem Arbeitsbündnis. Das Zustandekommen hängt also wesentlich auch vom Analytiker ab.

Assoziation, freie

Von Freud entwickeltes Verfahren, ohne Sortieren, Zensieren (→ *Abwehrmechanismen*) alles zu sagen, was einem, z.B. zu einem Traum, einer Erinnerung, zum Analytiker usw., einfällt, mit der Intention, durch die Einfälle auf unbewußte Inhalte zu stoßen. Da das freie Assoziieren auch als Widerstand verwendet werden kann, z.B. durch Ad-absurdum-Führen, unendliche kleine Details berichten, gibt es Überlegungen, auf die Grundregel in bestimmten Fällen zu verzichten.

Aufmerksamkeit, gleichschwebende

Die Haltung des Analytikers, korrespondierend zur freien Assoziation des Patienten, indem er seiner eigenen unbewußten Aktivität möglichst freien Raum läßt, nicht gewisse Themen, Einfälle usw. bevorzugt und persönliche Neigungen, aber auch theoretische Voraussetzungen außen vor läßt. Das Idealziel wäre eine Kommunikation des Unbewußten der beiden Beteiligten, die dann bewußt wird.

Beendigung der Analyse

Deren Zeitpunkt hängt mit den zu erreichenden Zielen zusammen, z.B. der Fähigkeit zur Selbstanalyse. Wenn nicht andere Gründe (Begrenzung der Krankenkassenleistung, Abbruch usw.) vorliegen, geht eine Analyse dann ihrem Abschluß entgegen, wenn die Übertragungsneurose an Intensität verliert, der Analytiker als reale Person, nicht mehr als Objekt der eigenen Vergangenheit erlebt wird (Entidealisierung). Wichtig in der Endphase ist das Durcharbeiten der Trennungsproblematik, der Phantasien des «Danach» etc. Schwierigkeiten auf seiten des Analytikers, die sich z.B. in zu langen Behandlungen zeigen, können zurückgehen darauf, daß im Rahmen der Ausbildung die Trennungsproblematik nicht genügend bearbeitet werden kann, da der Kontakt zum Lehranalytiker auf Institutsebene nach Abschluß der Analyse übergangslos fortgesetzt werden kann. Im Idealfall übernimmt nach Abschluß der (ehemalige) Patient jetzt selbst die Funktionen (Selbstanalyse), die bisher der Analytiker erfüllt hatte.

Borderline-Störung

Bezeichnung für psychische Störungen, die an der Grenze zwischen Neurose und Psychose liegen, meist aber eine neurotische Symptomatik aufweisen. Sie verfügen über primitive Abwehrmechanismen (Spaltung etc.), geringe Impulskontrolle und geringe Angsttoleranz. Die Behandlung erfordert gewisse Modifikationen der Methode. Ausführlich zum Problem der Diagnose und Behandlungsweise siehe O. *Kernberg*.

Diagnose

Das Bild der Stärken und Schwächen, der Art der Störung, der → *Ichfunktionen und* → *Abwehrmechanismen*, die ein Mensch aufweist und das durch das → *Erstinterview* erhalten werden soll. Damit verknüpft ist die Indikationsstellung: Zu welcher Behandlungsmethode ist wer geeignet, bzw. welche ist für wen geeignet? Von besonderer Bedeutung ist die Einschätzung der Ichfunktionen.

Früher herrschte in der Psychoanalyse eine «Alles-oder-nichts-Einstellung»: geeignet ist ein Patient mit ausreichendem Leidensdruck, verläßlichem Charakter, guter Intelligenz, der nicht psychotisch ist und nicht zu alt und der an keiner Erkrankung leidet, die sofortiges Eingreifen nötig macht. Heute, mit der Weiterentwicklung psychoanalytischer Behandlungsmethoden, herrscht weitgehend eine flexiblere Haltung.

Erstinterview

Es soll die Auswahl der Behandlungsuchenden erleichtern sowie zur Diagnostik und Indikationsstellung dienen. Es ist kein Verfahren im Sinn einer objektivierenden Befragung, sondern beachtet werden die (unbewußte) szenische Entfaltung in der Situation, die Ansätze

von → *Übertragung und* → *Gegenübertragung*, die spezielle Weise der Interaktion. Deshalb überläßt der Analytiker weitgehend dem Patienten die Aktivität. Bei der biographischen oder tiefenpsychologischen Anamnese, vor allem in der neoanalytischen Richtung verwendet, zielt man auf Erhebung von konkreten Informationen mit Hilfe strukturierter Fragen ab. Überlegungen wie «Was bewirkt mein Fragen beim Patienten?» stehen im Hintergrund.

Ein besonderes Problem stellen die Urteilsbildung und die Wahrnehmungsstereotypien (Vorurteile oder Vorlieben) des Analytikers dar.

Gegenübertragung

Meint die Übertragung unbewußter Reaktionen des Analytikers auf die Person des Patienten, besonders auf dessen Übertragung.

Hieraus ergibt sich die Notwendigkeit einer Lehranalyse für den Analytiker, da jeder Analytiker nur so weit kommt, wie seine eigenen inneren Widerstände es gestatten. Früher galt die Gegenübertragung lediglich als möglichst auszumerzende Störvariable. Stärkere Gefühle gegenüber dem Patienten waren mit dem Ideal des über den Niederungen heftiger Gefühle stehenden Analytikers nicht vereinbar, mit der Folge einer falsch verstandenen Neutralität, Spiegel- und Chirurgenmetapher.

In heutiger Sicht soll der Analytiker sich seine Gegenübertragung bewußt machen und sie in der Arbeit mit dem Patienten verwenden (→ *Aufmerksamkeit, gleichschwebende*), um ihn besser zu verstehen. Gegenübertragungswiderstand ist hierbei das Agieren eigener unbewußter Strebungen durch den Analytiker, z. B. unangebrachtes Trösten, Rechthaberei, Reglementierungen usw.

Grundregel → *Assoziation, freie*

Ichfunktionen
Fähigkeiten des Ich zur Steuerung des seelischen Gleichgewichts, der Impulskontrolle etc., z. B. Realitätsprüfung; die Fähigkeit, Erfahrungen zu integrieren; Intelligenz, Kompromisse und Lösungen zu finden usw.

Ichspaltung
Zum einen eine Fähigkeit des (gesunden) Ich, zwischen Erleben und Wahrnehmen des Erlebten zu pendeln (therapeutische Ichspaltung, Regression im Dienste des Ich).
Zum andern eine Form der Abwehr durch Teilung des Ich, ein aktives Auseinanderhalten widersprüchlicher Identifizierungen, vor allem im ersten Lebensjahr verwendet, später durch reifere Formen ersetzt. Spaltungsprozesse als zentraler Abwehrmechanismus zur Vermeidung diffuser Ängste und zum Schutz positiver Identifizierungen finden sich bei den sogenannten frühen Störungen, z. B. Borderline: etwa die Aufteilung äußerer Objekte in «total gute» und «total schlechte», wobei die Gefühle gegenüber ein und derselben Person von einem zum anderen Moment total umschlagen können.

Idealisierung
Die Neigung, bestimmte äußere Objekte zu absolut guten zu machen, ihnen Allmacht zuzugestehen usw., wobei die Identifizierung mit ihnen eigene (narzißtische) Bedürfnisse befriedigt, gegen Ängste schützt etc.

Indikation → *Diagnose*

Initialtraum
Der erste Traum, den ein Patient in die Analyse mitbringt. Er enthält, so wurde angenommen, mehr oder weniger unverhüllt die zentralen inneren Konflikte eines Patienten. Nachdem genauere Untersuchungen gezeigt haben, daß das nur in etwa der Hälfte der Fälle zutrifft, ist diese «Idealisierung» des Initialtraums ins Wanken geraten.

Negativ therapeutische Reaktion
Begriff für das Phänomen, daß trotz richtiger Deutungen eine Symptomverschlechterung eintritt oder der Patient die Analyse gar abbricht.

Die Ursache wurde gesehen in einem unbewußten Schuldgefühl, Neid oder als Reaktion auf eine (verfehlte) Loslösung. Nach neuerem Verständnis sind negativ therapeutische Reaktionen meist die Folge unbemerkter Übertragungs-, Gegenübertragungs-Konflikte und daraus resultierender Mißverständnisse zwischen beiden Beteiligten. W. Reich war der erste, der 1933 darauf aufmerksam machte, daß mangelndes Geschick des Analytikers im Umgang mit der sogenannten negativen Übertragung hierfür hauptverantwortlich sei. So z. B. wenn sich Patienten den Erwartungen ihrer Therapeuten anpassen, sie damit auch kontrollieren und die Analyse so letztlich zum Mißerfolg bringen, vor allem dann, wenn z. B. der Analytiker noch besser als die omnipotent erlebte Mutter sein möchte.

Negative Übertragung → *Übertragung*

Neurose, Übertragungsneurose

Seelische Erkrankung, bei der die Symptome Ausdruck eines psychischen Konfliktes sind, der seine Wurzeln in der Kindheit hat, wobei der Patient fähig ist, seine Erfahrungen am Analytiker zu wiederholen, sie auf ihn zu übertragen. Die Symptome sind Kompromißbildungen zwischen dem Wunsch und der Abwehr.

Der Begriff Übertragungsneurose ist doppeldeutig. Er wird auch verwendet, um den Vorgang zu bezeichnen, in dem ein Patient seine von früher stammenden Beziehungsmuster auf den Analytiker überträgt, sie dort wiedererlebt.

Neutralität des Analytikers

Der Analytiker soll neutral sein im Hinblick auf Werte des Patienten, die Behandlung nicht auf Grund eines Ideals lenken, sich der Ratschläge enthalten, das «Spiel des Patienten» (→ *Übertragung*) nicht mitspielen, nicht bestimmte Inhalte auf Grund theoretischer Vorannahmen bevorzugen usw. Dies soll die Entfaltung der Übertragungsneurose ermöglichen. Mitunter mißverstanden bis zur Chirurgenhaltung ohne Mitgefühl.

Objektbeziehung

Eine Person, soweit Triebe und Bedürfnisse auf sie gerichtet sind, wird in der Psychoanalyse als Objekt bezeichnet. Gemeint ist eine wechselseitige Beziehung. Mißverständlicher Begriff, der nicht besagt, daß einer Person die Qualität des Subjekts verweigert wird.

Psychoanalytische Psychotherapie, tiefenpsychologisch fundierte Psychotherapie, Fokaltherapie usw.

Von den Grundannahmen der Psychoanalyse abgeleitete Behandlungsverfahren, die sich von der (klassischen) Psychoanalyse unterscheiden im Hinblick auf Frequenz (Zahl der Wochenstunden), Dauer, Setting (Sitzen oder Liegen), Zielvorstellung, Bearbeitung der → *Übertragung* usw.

Die Indikation hierzu ist abhängig von der Art der zu behandelnden Störung, z. B. narzißtische Neurosen, → *Borderline-Störung* usw.

Psychose

Die psychoanalytische Theorie sieht auch die Entstehung der Psychosen (Schizophrenie, Paranoia, Manie) durch pathogene Einflüsse in der Kindheit bedingt, die hier zu einer primären Störung der Beziehung zur Realität führen. Die manifesten Symptome (z. B. Wahnbildungen) werden verstanden als sekundäre Versuche, die Objektbeziehungen wieder herzustellen.

Übertragung

Bezeichnet den Vorgang, indem aus den frühen Beziehungen stammende konflikthafte Erfahrungen und deren Folgen (Verhalten den Eltern gegenüber) aktuell, in der Beziehung zum Analytiker, wiedererlebt werden, ohne als Wiederholung erkannt zu werden. Die Übertragung und die Handhabung der Übertragung gelten als die wichtigsten Bestandteile jeder psychoanalytischen Therapie.

Gefördert wird das Auftreten von Übertragung durch Deuten der Übertragungsanspielungen. Auch die Neutralität des Analytikers soll das Auftreten von Übertragungen fördern, vor allem aber sie als solche erkennbar werden lassen. Hier ergeben sich Schwierigkeiten: Wie kann man mit Sicherheit davon ausgehen, daß Übertragung vorliegt (oder z. B. eine realistische Wahrnehmung von Zügen des Analytikers)? Inwieweit verwendet der Analytiker Übertragungsdeutungen, um sich zu schonen (der Patient meint ja nicht mich, er meint seinen Vater – → *Gegenübertragung*)? Inwieweit ist Übertragung eine reine Wiederholung, oder ist es nicht auch eine (partielle) Neuschöpfung?

Natürlich treten Übertragungen auch außerhalb von Analysen auf, werden dann meist nicht bemerkt und oft so beantwortet, daß sie die Befürchtungen bestätigen.

Ein besonderes Problem stellen die Kontakte außerhalb der Behandlung im Rahmen der Lehranalyse, am Ausbildungsinstitut, dar, die die Bearbeitung der Übertragung des zukünftigen Analytikers erschweren.

Übertragung, negative

Meint als Übertragung auftretende Gefühle von Aggression, Zweifel, Mißtrauen, Haß, Verachtung usw. gegenüber dem Analytiker.

In Lehranalysen oft kaum zu handhabendes Problem auf Grund

realer Abhängigkeit vom Lehranalytiker.

Übertragungswiderstand, Widerstand gegen das Entstehen und das Bewußtwerden der Übertragung

Vor allem zu beobachten bei Patienten, für die es eine narzißtische Kränkung darstellt, sich als abhängig zu erleben, darüber hinaus aber übliches Vorkommnis in jeder Analyse.

Widerstand

Meint all das, was sich im Lauf einer psychoanalytischen Behandlung beim Patienten dem Zugang zu seinem Unbewußten entgegenstellt und zur Vermeidung von Schuldgefühlen (Über-Ich-Widerstand), Ängsten, Kränkungen usw. dient.

Literaturverzeichnis

Arlow, J. A.: The Dehumanisation of Psychoanalysis. Unveröffentl. Manuskript, zusammengefaßt in: R. C. Simons, in: Bull. Psa. Ass., N. Y. 11, 1971.

Bachrach, H. M., u. Leaf, L. A.: Analysability: A Systematic Review of the technical and quantitative Literature. In: J. Am. Psychoanal. Ass., 26, 1978.

Balint, M.: Über das psychoanalytische Ausbildungssystem, in: Balint, M.: Die Urformen der Liebe und die Technik der Psychoanalyse. Frankfurt/M. 1966.

Bauriedl, T.: Psychoanalyse ohne Couch. München 1985.

Dies.: Wiederkehr des Verdrängten. München 1986.

Belant, H.: Das Problem der Vorhersagbarkeit von Eignung und Nichteignung bei Psychoanalyse. In: Bruchstellen der Psychoanalyse, Eschborn 1985.

Ders.: Der Lehranalytiker, der gut genug ist. In: Streeck U. und Werthmann H.-V., Göttingen 1992.

Bell, K., u. Burkhardt: Frauen in der psychoanalytischen Ausbildung. In: Streeck und Werthmann, Göttingen 1992.

Bell, K., u. Höhfeld, K. (Hrsg.): Psychoanalyse im Wandel. Giessen 1995.

Bernfeld, S.: Über die psychoanalytische Ausbildung (1952), in: Psyche, 38, 1984.

Brenner, Ch.: Working Alliance, Therapeutic Alliance and Transference. In: J. Am. Psychoanal. Ass., 27, 1979.

Cremerius, J.: Abstinenz – Maxime und Realität. Unterdrückung von Wahrheit, persönlicher Freiheit und wissenschaftlichem Denken in der psychoanalytischen Bewegung. In: Between the Devil and the deep blue Sea. Freiburg 1987.

Ders.: Abstinenz, Realität oder Mythos. In: Bruchstellen der Psychoanalyse. Eschborn 1985.

Ders.: «Der Lehranalytiker begeht jeden einzelnen dieser Fehler». In: Streeck u. Werthmann, Göttingen 1992.

Ders.: Freud bei der Arbeit über die Schulter geschaut. Seine Technik im

Spiegel von Schülern und Patienten. In: Festschrift für G. Scheunert. Beiheft z. Jahrbuch der Psychoanalyse.

Doolittle, H.: Huldigung an Freud. Frankfurt a. M., Berlin/Wien 1976.

Erdheim, M.: Das Verenden einer Institution. In: Psyche, 40, 1986.

Ferchland-Malzahn, E.: Tradition, Stagnation und Entwicklung in der psychoanalytischen Aus- und Weiterbildung. In: Streeck U. und Werthmann H.-V., München 1990.

Freud, A.: Probleme der Lehranalyse. In: Schriften der A. Freud. (Bd. V), München 1980.

Freud, S.: Weitere Ratschläge zur Technik der Psychoanalyse. Bemerkungen über die Übertragungsliebe. GW X. Stud. Ausg., Frankfurt/M. o. J.

Ders.: Zur Einleitung der Behandlung. GW. VIII, Stud. Ausg., Frankfurt/M. o. J.

Fürstenau, P.: Entwicklungsförderung oder Defizienzorientierung? Plädoyer für zielgerichtetes psychoanalytisch-psychotherapeutisches Handeln. In: Streeck U. und Werthmann H.-V., München 1990.

Greenacre, P.: Problems of Training Analysis. In: Psa. Quarterly, 35, 1966.

Kernberg, O.: Veränderungen in der Natur der psychoanalytischen Ausbildung, ihrer Struktur und ihrer Standards. In: R. S. Wallerstein: Schriftenreihe der Int. Psa. Vereinigung, Bd. 4, 1984.

Ders.: Borderline-Störungen und pathologischer Narzißmus. Frankfurt/M. 1978.

Köpp, W., u. a.: Die Lehranalyse im Spannungsfeld der Ausbildung. In: Streeck u. Werthmann, München 1990.

Kuiper, P. C.: Ausbildungs- oder Einbildungsanalyse. In: Brede K. u. a.: Befreiung zum Widerstand, Frankfurt/M. 1987.

Laplanche, J., und Pontalis, J.-H.: Vokabular der Psychoanalyse. Frankfurt/M. 1972.

Leikert, S., u. Ruff, W.: Forschung als Aufgabe der psychoanalytischen Fachgesellschaften. In: Bell u. Höhfeld, Göttingen 1995.

Limentani, A.: The Assessment of Analysability: A major Hazard in Selection for Psychoanalysis. In: Int. J. Psychoanal. 53, 1972.

Mertens, W.: Einführung in die psychoanalytische Therapie, Band 1–3. Stuttgart/Berlin/Köln 1991.

Michaelis, D.: Eigentlich ist schon alles gedacht – warum handeln wir nicht? In: Zepf, S.: Wer sich nicht bewegt, der spürt auch seine Fesseln nicht. Frankfurt/M. 1990.

Moser, T.: Der Psychoanalytiker als sprechende Attrappe. Frankfurt/M. 1987.

Ders.: Kompaß der Seele. Ein Leitfaden für Psychotherapiepatienten. Frankfurt/M. 1984.

Parin, P., u. Parin-Matthey, G.: Subjekt im Widerspruch. Frankfurt/M. 1986.

Petri, H.: Psychoanalytische Sozialisation – ein Weg zur Autonomie. In: Psyche, 39, 1985.

Pollmann, A.: Die Zulassung zur psychoanalytischen Ausbildung. Göttingen 1985.

Rangell, L.: Psychoanalysis and Dynamic Psychotherapy. In: J. Am. Psychoan. Ass. 2, 1954.

Sachs, H.: Die Lehranalyse. In: Zehn Jahre Berliner Psychoanalytisches Institut. Wien 1930.

Ders.: The Prospects of Psychoanalysis. In: Int. J. Psychoanal., 20, 1939.

Schulte-Markwort, M., u. Lindner, W.-V.: Zwischen Ausbildungsfabrik und psychoanalytischer Fakultät. In: Bell u. Höhfeld, Giessen 1995.

Senf, W.: Sind psychoanalytische Behandlungen effektiv? In: Streeck u. Werthmann, München 1990.

Stepansky, P. E. (Hrsg.): Margret Mahler. München 1989.

Streeck, U., u. Werthmann, H.-V. (Hgg.): Herausforderungen für die Psychoanalyse. München 1990.

Ders.: Lehranalyse und psychoanalytische Ausbildung. Göttingen 1992.

Thomä, H.: Die unendliche Lehranalyse als Supertherapie. In: Streeck u. Werthmann, Göttingen 1992.

Ders.: Schriften zur Praxis der Psychoanalyse. Frankfurt/M. 1981.

Ders.: Identität und Selbstverständnis des Psychoanalytikers. In: Psyche, 31, 1977.

Thomä, H., u. Kächele, H.: Lehrbuch der psychoanalytischen Therapie. 2 Bde. Bln. Heidelberg/New York 1988.

Treurniet, N.: Über einige der psychoanalytischen Ausbildungssituation inhärente Verwundbarkeiten. In: Streeck u. Werthmann, Göttingen 1992.

Tyson, R./Sandler J.: Probleme der Auswahl von Patienten für eine Psychoanalyse. In: Psyche, 28, 1974.

Wallerstein, R. (Ed.): Becoming a Psychoanalyst. New York 1981.

Wilke, H. J.: Über die Schwierigkeit, eine hinreichend gute Lehranalyse zu machen. In: Streeck u. Werthmann, Göttingen 1992.

Winkler, K.: Die Lehranalyse. Phantasie, Ernüchterungen, Möglichkeiten. In: Streeck u. Werthmann, Göttingen 1992.

Winnicott, D. W.: Fear of Breakdown. Int. Rev. Psychoanal. 1, 1974.

Ders.: Metapsychological and Clinical Aspects of Regression with the psychoanalytic Set-up. Int. J. Psychoanal. 36, 1954.

Ders.: Gegenübertragung. In: Reifungsprobleme und fördernde Umwelt. München 1965.

James Hillman/Michael Ventura

Hundert Jahre Psychotherapie – und der Welt geht's immer schlechter

275 Seiten, gebunden

«Wir haben einhundert Jahre Psychoanalyse hinter uns, und die Menschen werden immer sensibler, und der Welt geht es immer schlechter... Wir arbeiten unaufhörlich an unseren Beziehungen, an unseren Gefühlen und Reaktionen, aber dabei übergehen wir etwas... den immer schlechter werdenden Zustand der Welt. Warum hat die Psychotherapie dies nicht bemerkt? Weil die Psychotherapie sich nur mit jener ‹inneren Seele› beschäftigt. Indem sie die Seele aus der Welt herausnimmt und nicht erkennt, daß die Seele auch in der Welt ist, kann die Psychotherapie nicht mehr funktionieren. Die Gebäude sind krank, die Institutionen sind krank, das Geldsystem ist krank, die Schulen, die Straßen – die Krankheit ist *draußen*.»

WALTER VERLAG